妖妖要吃唐僧肉

文 王文華 圖 托比

序

踏上西遊，拜訪妖怪！

我家拜齊天大聖。他在二樓神明廳，手持金箍棒，神情威武。

我曾好奇的調查同學家：最熱門的是拜媽祖娘娘，第二高票是大慈大悲的觀世音菩薩，然後是什麼王爺什麼大帝，只有我家供奉齊天大聖孫悟空。

忘了介紹，我家在大甲，鎮瀾宮海內外聞名，每年要去北港朝天宮繞境進香，家家戶戶拜媽祖很正常。

小時候，我的好奇心強，例如：大甲的媽祖，北港的媽祖外加大甲去北港沿路的所有媽祖廟，不都是同一個媽祖嗎？為什麼要趕著三月小陽春，從大甲往北港走上七天六夜？

既然都是媽祖廟，拜一間不夠嗎？

這疑問，我是看完西遊記才找到解答的。

齊天大聖有七十二變，觔斗雲一翻十萬八千里，如意金箍棒十萬八千斤重。

沒人比我更熟悉他的。這點我有自信，因為他就在我家二樓神明廳嘛。

孫悟空的絕招很多，其中之一就是拔一把毫毛，嚼一嚼，變出幾千幾百個分身。

當時我想，媽祖娘娘一定也跟齊天大聖學了這門法術。她身上沒猴子毛，但是她有頭髮呀，忍痛拔一小撮，嚼一嚼，就能變出幾千幾百個媽祖娘娘，然後從澎湖天后宮一直到大甲鎮瀾宮再彎去北港朝天宮，這裡一個分身，那裡一個分身。小五那年，我媽帶我去進香，其實就是去拜訪這些分身，那其實比較接近便利商店集點換獎品，每一個分身拜一拜，拜得愈多，蒐集的法力就愈高，最後就能讓願望成真。

沒錯吧。

小五進香那年，我的包包裡有一本西遊記，全本文言文的。

不是我語文程度高，只因為我家沒其他故事書，我又是文字控，包包裡得有書呀。進香的路上，我半猜半讀的讀完它。

愈看愈覺得孫悟空了不起，西天路上多少妖怪呀，他要侍奉一個遇到困難就掉眼淚的師父，碰到不如意的事就喊解散的豬師弟，對了，師父還懷疑他、誤解他，動不動就叨念著緊箍兒咒。

孫悟空有通天的本領，卻被咒得在地上打滾兒，他怎麼不跑呢？他只要翻個觔斗就十萬八千里了呀，難道唐僧的咒語能千山萬水的追下去？

更好笑的是那些妖怪。

明明都抓到唐僧了，卻沒人敢一口吃了他，總是很有規矩的互相警告：「唐僧有個大徒弟不好惹，只有把孫悟空抓起來了，才能安心享用。」

唉，這些笨笨的妖怪，怎麼沒有一個嘴快的，硬要一口咬了唐僧，那就長生不老了，既然長生不老了，那就不怕孫悟空的鐵棒了呀。

怎麼沒有妖怪想到呢？

《妖妖要吃唐僧肉》集合了西遊記裡貪吃的妖怪，來吧，嘴快一點，看誰先啃到唐僧肉。

西天路上，妖怪其實也有很厲害的，像是獨角犀牛王，他的金鋼琢把大大小小神仙的法器都收掉了；像平頂山三魔王，他的翅膀一揮九萬里，揮兩下就贏過孫悟空了……

這些厲害的妖怪們，你們怎麼會戰敗呢？

組個妖怪聯盟不行嗎？齊天大聖要出動如來佛才鎮得住，如果把這些比孫悟空還厲害的妖怪找來組成聯盟……哇，於是有了《怪怪復仇者聯盟》。

西遊記裡的妖怪，其實有很大一部分來自天庭，像是奎木狼星，像是嫦娥身邊的小白兔，像是金角、銀角，他們放著天庭裡長生不老的幸福日子不過，何苦下凡當妖怪？

一定有什麼陰謀，神魔不分，《都是神仙惹的禍》說的就是這些分不清是神是魔的妖怪。

孫悟空有金箍棒，鐵扇公主有芭蕉扇，加上陰陽二氣瓶，會吸人的紫金葫蘆，如果拿這些神奇寶貝來做排行，我想第一名是金剛琢，第二名應該是芭蕉扇，什麼，你不同意我說的？沒關係，讀完《神奇寶貝大進擊》，人人心中有把尺，人人都能評出自己的神奇寶貝排行榜。

寫【奇想西遊記】這套書時，我一直在爬梳，想理清這麼多妖怪的真面目，寫著理著，慢慢的我發現一個真理，想當個好妖怪，除了頭怪腳怪身體怪，還有個性也要很古怪。說起古怪，這世上每個人都有點兒小小的怪吧？

有的人愛錢，要他捐一毛錢，那比殺了他還痛苦。怪不怪？

有人貪吃，除了嘴巴，其他四肢根本不想動。怪不怪？

有的人嗜賭，即使砍了他十根手指頭，他照賭不誤。怪不怪？

還有人為了分數，作弊、偷翻書，考完了還分分計較。你說怪不怪？

人人血液裡都有一點兒「怪怪」的基因，有的人怪得很可愛，像是愛畫畫愛小貓；有的人怪得挺可怕的，像是愛喝酒愛打架……

愈想愈明白，原來妖怪始終來自於人性，沒有這麼多怪怪的人類，哪來這麼多反應人性的妖怪？

這些妖怪就像一面面的鏡子，他們埋伏在西遊路上等你光臨，我們也要感謝他們用自己妖怪的惡名，替我們承擔世上這些怪怪的惡。

好囉，咱們踏上西遊，拜訪這些妖怪吧！

目錄

人物介紹

取經四人組

唐三藏

又名唐僧

- 法術：緊箍兒咒
- 戰鬥指數：0

唐三藏善良仁慈，奉唐太宗的命令去西天取經，他唯一的絕招是緊箍兒咒，咒得孫悟空疼痛不已。真實的唐僧，其實是唐朝著名的玄奘法師，他獨自一個人，花了十九年的時間到印度取回佛經，翻譯成中文，是中國佛教史上的偉大翻譯家、旅行家。

孫悟空

又名孫行者、美猴王、齊天大聖

- 兵器：如意金箍棒
- 法術：七十二變、觔斗雲
- 戰鬥指數：99
- 最怕：緊箍兒咒

孫悟空出生於東勝神州花果山一顆大石頭，跟著菩提祖師學法術，他大鬧天宮後，被如來佛鎮壓在五行山下五百年，經過觀音點化，保護唐僧往西天去取經，這一路上，遇妖降妖，遇魔伏魔……

沙悟淨

又名沙僧、沙和尚

- 兵器：降妖寶杖
- 戰鬥指數：69

沙悟淨原是天上的捲簾大將，因為失手打破琉璃盞，誤觸天條，被逐出天庭後，在流沙河裡興風作浪。經過觀音菩薩點化，是取經四人組最後加入的成員。

豬八戒

又名豬悟能

- 兵器：九齒釘耙
- 法術：三十六變
- 戰鬥指數：72

豬八戒法號悟能，本來是天上的天蓬元帥，因為酒醉調戲了嫦娥仙子，被處罰下凡投胎做人，只是他誤入畜牲道，變成了豬頭人身。因為懶，只學了三十六變化，變身時，長鼻子永遠變不掉，雖然人在取經路上，卻老想著回高家莊，繼續做妖怪去。

・別名：白骨精
・法術：變身術
・兵器：貪吃的大嘴巴

小妖妖是妖怪界五星級美食家。別的妖怪在高山、山洞、水邊練功；小妖妖躲在御廚梁上，吸香氣，聞肉味，吃皇帝的餐點，功力就一點一滴的進步了。他也是有毅力的妖精，沒吃到唐僧肉絕不罷休。

小妖妖

東海龍王三太子

・法術：變身

白龍馬本來是西海龍王的三太子，因為縱火燒毀了玉帝賞賜的明珠，被貶到蛇盤山等待唐僧，他誤吃了唐僧騎的白馬。菩薩點化他，鋸角退鱗，變身成白馬，負責馱唐僧到西天。平時白龍馬認真負責，除非遇到三位師兄都無法解決的問題，就像這回，他們來到了寶象國……

黃袍老怪

・原形：奎木狼星
・法術：變身術
・兵器：鋼刀
・戰鬥指數：85

黃袍老怪，原是天上奎木狼星，法力無邊，武藝高強，因為與披香殿的仙女相戀，雙雙下凡，做了十三年的夫妻，他為了愛情，寧可選擇公主，也不要唐僧肉，是個有情有義的妖怪。

南山大王

・兵器：鐵杵
・法術：噴風布霧
・智力：90
・戰鬥指數：50

南山大王原形是一隻花皮豹子精，修行數百年才成妖，他住在連環洞裡，雖然武力與法術都不高，但他卻先用分瓣梅花計智擒唐僧，又兩次用假人頭騙了孫悟空。只是他的武藝實在太低了，是西遊記裡，少數敗在豬八戒手下的妖怪。

蜘蛛精

・兵器：蜘蛛絲
・法術：變成人形
・戰鬥指數：能吐絲時指數 80
不能吐絲時指數掉為 10

蜘蛛精居住在盤絲洞裡，一共有七隻，她們的蜘蛛絲會從肚臍眼裡射出去，誰被黏上了，寸步難行。蜘蛛精平時化成美麗的姑娘，不知情的人很容易就會掉進她們的陷阱。

兔子精

・兵器：搗藥玉杵

・戰鬥指數：67

兔子精住在毛穎山，她本來是廣寒宮裡搗藥的玉兔，來到人間興妖作怪，先捉走天竺國公主，自己再假扮成公主。兔子精愛上唐僧的面貌，拋繡球給唐僧，這下子唐僧有苦難言，他真的要娶老婆了，怎麼辦呢？快翻開書看看吧！

1 妖怪美食家

長安城，皇宮內，御廚梁上，小妖妖好生氣。

氣什麼呢？

平常皇帝吃什麼？不是龍蝦、羊排就是烤全鴨。

今天晚上有什麼？素龍蝦、素羊排和素烤鴨。對了對了，還有一鍋白菜湯。

「故意跟我作對嗎？」小妖妖咬牙切齒的說。

小妖妖是妖怪界五星級美食家。

別的妖怪在高山、山洞、水邊練功；小妖妖躲在御廚梁上，吸香

氣、聞肉味、吃皇帝的餐點，品嘗的功力就一點一滴進步了。

大唐朝十八萬七千二百六十五位廚師，只有最會煮飯、炒菜的五百位廚師才有資格進宮。從這五百位廚師裡，再挑出五位高手中的高手，才能煮給皇帝吃。

那五位大廚煮的菜，色香味俱全，每一道都是人間極品，連玉皇大帝也吃不到。

小妖妖躲在梁上伸出舌頭一吸一捲一嘗，大廚剛煮好的菜，皇帝還沒吃，他已經先吃過了。

上桌前，五隻龍蝦，他先吃一隻；兩隻雞腿，他只留一根；三隻烤乳豬，全讓他啃個精光。呃，沒辦法，太好吃了呀。

有一陣子，太監們想不明白，究竟誰偷吃了皇帝的菜？他們找了大

好想吃
肉啊！

半年，什麼也沒找到。

吃呀吃呀，小妖妖的嘴巴愈吃愈大。

吃呀吃呀，小妖妖的舌頭愈吃愈長。

他的眼睛變小了，因為吃飯用不到。

耳朵呢，也變小了。

對小妖妖來說，只要留著吃飯用的嘴巴跟舌頭，就夠了。

所以，小妖妖就變成一個嘴巴很大很大，身體很小很小的妖怪。

今天，小妖妖這邊嘗一下，搖搖頭，那邊吃一點，也搖搖頭。他忍不住大吼：

「我要吃肉！」

小妖妖氣得從梁上掉下來，噗通一聲，掉進白菜湯裡，幸好大家都在聽皇帝講話，沒人看見他在湯裡游泳。

小妖妖爬出湯鍋，甩掉湯汁，拉掉頭上菜葉時，皇帝正拉著一個和尚，叫他御弟，說要派他去西天取經。

「去西天取經？十萬八千里路，怎麼去呀？」小妖妖搖搖頭。

抓起黃瓜啃一口：「呸！難吃。」

「不管路上妖魔阻險，貧僧一定把經取回來。」

那個和尚跪下去，懇切向皇帝許諾，四周響起文武百官叫好、鼓掌的聲音。

小妖妖搖搖頭：「傻瓜，比黃瓜還傻的瓜。」

他覺得無趣，正想溜回大梁上，卻不小心撞到人。說那是人，其實只是隻小老鼠。

照理說，皇宮裡不該有老鼠。

這隻老鼠拉著他，一溜煙溜上大梁。老鼠的後腿站了起來，晃一晃，變成一個五寸高的小人。

啊！這是一隻老鼠妖。

老鼠妖說：「你愛吃肉，我愛吃油，我告訴你一個超級好吃的東西。」

「快告訴我！」聽到好吃的，小妖妖忍不住吞了吞口水。

「那我告訴你，你也要告訴我宮裡的燈油藏在哪裡？」

「沒問題，老太后的宮裡燈油最多，我等一下帶你去。那你說的好東西呢？」

老鼠妖賊笑說：「好東西近在眼前。」

「眼前？你說素龍蝦嗎？那難吃死了。」

「不不不，老兄，我說的是眼前那位和尚。」

「和尚能吃嗎？」

「別小看他，我在佛院裡吃燈油時，聽住持說這位代替皇上去取經的和尚名叫唐三藏，他是佛祖弟子金蟬子的化身，是修行十世的元體，要是能吃到他身上的一塊肉，就能長壽長生，不必在這裡日日苦練。」

小妖妖仔細看看唐三藏方頭大耳、細皮嫩肉的模樣，看起來確實很好吃。

只要有好吃的東西，小妖妖是再難也不怕的。

小妖妖在梁上跟著唐三藏在大殿裡移呀移呀、跳呀跳呀，眼看就快追到唐三藏了，卻忘了看看腳下。

他一步踩空，往下掉。

小妖妖臨危不亂，伸出長長的舌頭，用力捲住大梁。

底下，有一大鍋剛剛抬上來

的素佛跳牆。

老鼠妖探出身體想救他。小妖妖伸出手，卻搆不著老鼠妖，老鼠妖只好抓著他的舌頭說：「我拉你。」

老鼠妖的爪子尖，刺中小妖妖的舌頭，小妖妖痛得把舌頭捲回來。

噗通一聲，小妖妖掉進佛跳牆裡啦。

御廚恰好在那個時候蓋上蓋子，笑容滿面的說：「再悶一個時辰會更香。」

這是個超級大鐵鍋，底下還有大火熬；可憐的小妖妖，就被燉呀燉呀，燉成了一堆白骨。

燉好的素佛跳牆一掀開……裡面是一堆白骨，誰敢吃呀？

白骨被倒進御廚後頭的大水溝，大水一沖，沖到了河邊。

日晒雨淋，風吹雪降，這堆白骨沒忘了自己的責任，它每天晚上哭：「妖妖、妖妖要吃唐僧肉。」

出發的日子到了。

長安城，萬人空巷，皇帝親自送唐三藏去取經。

鼓號樂隊，千人儀仗，後頭還有皇家馬車和數不清的侍衛。

皇帝陪著唐三藏，一路跟他說話，期勉他勇敢，雖然西方多妖精，可是皇帝的精神會永遠與他同在……

馬車一個顛簸，不知道輾到了什麼。

跟在後頭的侍衛一瞧，馬車輾到一堆白骨頭。

那堆白骨看起來頭大身體小，也不知道是什麼，他大腳一踢，把那堆骨頭踢到橋底下。

皇家馬車碌碌碌回宮去了，大隊人馬也各自解散。

那堆七零八落的骨頭在溪底的石頭上撞來彈去，等大隊人馬走完了，它也組合完畢了。

「唐僧肉出發了，唐僧肉出發了。」

哦，那是小妖妖嘛。

小妖妖變成白骨精，還是很貪吃，即使成了一堆白骨也念念不忘：

「妖妖要吃唐僧肉……妖妖要吃唐僧肉。」

白骨精搖搖晃晃站起來，喀啦喀啦往前走。

小妖妖悄悄爬上大路，速度超快，一下子就溜到前方等唐僧。

2 妖妖三戲唐三藏

馬蹄聲得兒得兒的響，小妖妖的心呀，噗通噗通的跳。

來了來了，天下第一美味、第一神奇好吃的唐僧肉來了。

可是，唐僧旁邊時時有三大武士保護，他們是孫悟空、豬八戒和沙悟淨。

為了這個問題，小妖妖焦慮得握緊拳頭走來走去。

該怎麼辦呢？該怎麼辦呢？

打是打不過的，那就智取吧！

小妖妖悄悄跟了他們一小段，唐僧肚子餓了，要孫悟空去化齋。

孫悟空來去像陣風，少一個高手，小妖妖有了計謀。他念念咒語：

大大怪怪，小小妖妖，天下妖怪霸肚妖。

大大饅頭，小小饅頭，蒸籠裡頭饅頭疊饅頭。

小妖妖後腳跟在地上敲三下，白骨就變成一個嬌滴滴的小姑娘，手上提瓦罐，抓了蚯蚓、蛆蛆放進去，喊著變變變……

長長的蚯蚓變麵條，胖胖的蛆蛆成米飯，灑點土粉當海苔，拌點青草做蔬菜。小妖妖施法變出香噴噴的飯菜，吃上一小口，能讓人昏迷三天三夜。

他提著瓦罐站在路中央，朝唐三藏揮揮手：

「師父，來呀，這些飯菜請您嘗。」

小妖妖強調：「我給爹爹送飯菜，他到山上去砍柴。爹爹出發之前有交代，遇到師父先請師父嘗。」

這位小姑娘，水汪汪的大眼睛，兩條小辮子隨風飄，人見人愛。

果然，豬八戒著迷得拉著她的小手，接過飯菜：「不好吧，妳說這是要給妳爹吃的。」

豬八戒嘴邊這麼說，雙手已經準備把瓦罐裡的飯菜往嘴裡送了。

唐三藏雙手合掌，喊聲停：「八戒，小姑娘有佛心，我們不能占她便

宜，你吃了飯，她爹怎麼辦？」

沙悟淨也說：「二師兄，快把飯菜還給小菩薩。」

不吃飯，就迷不倒他們。於是，小妖妖哄著他們說：

「不不不，我爹最熱愛齋僧了，他如果知道飯菜是給師父們吃的，一定歡喜到暈倒。」

「有這麼熱情的信徒呀？那我們

就別客氣了。」

豬八戒一聽，又把瓦罐提起來，嘴巴張開，正要把飯菜倒進去，空中伸來一根鐵棒，打翻瓦罐。

出手的是一隻兩眼紅通通的猴子：「師父，小心中了妖精的計！」

啊，是孫悟空。

唐三藏說：「她是小姑娘。」

小妖妖也說：「對，我只是個小姑娘。」

孫悟空瞪著他：「老孫火眼金睛照分明，妳是大嘴白骨精，別走，看棒！」

鐵棒凌空揮來，小妖妖急忙使出分身法，留著假姑娘讓他打，自己跳到半空中。

「啵」的一聲，假姑娘被打成肉餅。

唐三藏生氣：「她是個小姑娘。」

豬八戒也說：「她是齋僧的好心姑娘。」

孫悟空指指打翻的瓦罐：「你們先看看地上有什麼吧？」

地上，蚯蚓攪成一團，蛆蛆在青草堆裡蠕動。

孫悟空說：「不是妖精，哪來的妖飯？」

「這……」唐三藏好像相信了，「悟空，錯怪你了。」

豬八戒卻說：「分明是師兄使法術，怕師父念緊箍咒，才把米飯變成蟲蟲大餐。」

唐三藏點點頭：「有道理，有道理，悟空的法術高明……」

地上氣壞個孫悟空，「師父你相信他的話？」

空中笑翻了小妖妖，「哈哈哈，這對師徒可以挑撥離間。」

小妖妖決定再使一次詐。念聲咒，變成白髮老公公，拿著枴杖，站在山腰望呀望。

唐三藏騎著馬，得兒得兒的來了。

豬八戒遠遠的看見了，大喊：「師父，糟糕，小姑娘的爺爺來了。」

小妖妖好得意，正想開口說話，鐵棒又打過來。

孫悟空真是太厲害了，不跑來不及。

幸好，小妖妖的分身術再次救了他，他飛到半空，老公公又成了扁扁的肉餅。

「孫悟空，你濫殺無辜！」唐三藏氣得渾身發抖，嘴裡念念有詞，看起來像在念經。

悟空，
你好好反省！

這一念，念得孫悟空頭疼萬分。要知道，他五百年前大鬧天宮，天不怕地不怕，就怕唐三藏念經。

「唉呀，師父呀！別念了，別念了啦。」他痛得在地上翻觔斗、豎蜻蜓，抱著頭狂叫。

「下回還作惡嗎？」

「弟子不敢啦，不敢啦。」孫悟空悽慘的聲音，震得山谷搖搖晃晃。

本來，小妖妖擔心孫悟空的火眼金睛太厲害，識破他的變身術，但是現在有唐僧做保證了，嘻嘻……

小妖妖得意的再念：

大大怪怪，小小妖妖，天下妖怪霸肚妖。

大大饅頭，小小饅頭，蒸籠裡頭饅頭疊饅頭。

小妖妖後腳跟在地上敲三下，這回變成白髮老婆婆。

老婆婆彎著腰，走路慢慢挪，邊走邊喊：

「薇薇——老伴兒——你們在哪兒呀……」

她走沒幾步，取經四人組也從山腳轉過來。

豬八戒見了她，說：「師父，小姑娘的奶奶也來了。」

豬八戒好騙，小妖妖心裡得意。

「老菩薩哪裡去呀？」唐三藏問。

「我……我找孫女兒薇薇，她提了飯菜給她爹爹，久久沒回來，大師父，你們來時有見到嗎？」

唐三藏瞪了孫悟空一眼：「你闖的禍，你去解釋。」

豬八戒也說：「對，看你怎麼說。」

假扮老婆婆的小妖妖故意拉著唐三藏問：「怎麼了？我家薇薇哪裡去了？我苦命的薇薇呀。」

她講到最後一句，

還滴了幾滴淚水。

「孫悟空，你還不過來？」唐三藏說。

孫猴子走過來，笑嘻嘻的問：「老奶奶，去哪裡呀？」

咦，連孫悟空也被騙了？

小妖妖好開心，唐僧肉有望了。

「今天早上薇薇送飯給她爹爹，大半天沒回來，我老伴兒出門找她，找了很久也不見人影，我等了又等，怕他們遇到什麼意外，趕緊過來找找。」

唐三藏一聽急白了臉，豬八戒指著孫悟空罵：「你看！都是你，都是你害的。」

孫悟空哈哈笑：「老孫成天與妖魔鬼怪打交道，憑你這種道行也想來騙我？你瞞得住我師父，騙不了我老孫！大嘴白骨精，看你往哪裡走？」

講到這兒，他拿出金箍棒，朝小妖妖打過去。

小妖妖反應快，留下分身，滾進草叢。不過他這回慢了一步，右腿被打斷了，疼得他大叫。

地上，留著老婆婆肉餅。

豬八戒搖搖頭：「師兄，你太狠了，半天連奪三條性命。」

唐三藏氣得渾身發抖，正要念經，孫悟空急忙喊停：「師父，你看這塊肉餅。」

假婆婆身上，有根白色的大腿骨。

唐三藏問：「這人才死，怎麼就有白骨？」

孫悟空解釋：「上頭刻了字，是白骨精，他是妖精。」

唐三藏點點頭：「好厲害的妖精。」

草叢裡，小妖妖搖搖頭：「唉呀，計謀被揭穿，唐僧肉沒指望了。」

小妖妖正想溜走，卻聽到豬八戒說話。

「師父，師兄殺人怕你念咒語，就變出白骨來騙你呢。」

「我怎麼會騙師父？」孫悟空忙著解釋。

唐三藏卻相信豬八戒：「可恨的猴子，殘忍好殺，你回花果山吧，別跟我去西天。」

「哈哈哈，有好戲看了。」小妖妖捨不得走了，他雖然耳朵小小的，還是豎起來聽。

他聽到孫悟空說：

「師父，老孫打的是妖精啊！」

「走走走，你這殺人魔頭。」唐三藏說。

「師兄，師父都這麼說了，你該走了……」豬八戒還落井下石，樂

得小妖妖想翻觔斗。

「師父，老孫走了，以後誰能保護你呢？」孫悟空說。

「難道八戒和悟淨都不能保護我？你走吧，再不走，我念咒了。」

唐三藏撇過頭去，不看孫悟空。

「師父保重，如果有妖怪想惹您，您就提提老孫名頭，老孫真的走了。」

孫悟空跳上觔斗雲，瞬間就消失得無影無蹤。

唐僧跨上白馬，得兒得兒走遠了。

小妖妖跳出來，雙手扠腰，忍不住朝天大笑：

「孫悟空走了，再也沒人擋得住我！我這就去找幾個法力高強的妖怪，大家合力煮了唐僧肉。」

3 黃袍老怪

碗子山波月洞，黃袍老怪本領強。想抓唐僧，要找黃袍老怪。

小妖妖來的時候，黃袍老怪正趴在地上當小馬。

黃袍老怪的兒子黃小袍騎著小馬喊：「快跑，快跑。」

黃袍老怪說：「小妖妖，你自己找位子坐。」

這會兒黃小袍正扯著老爸的藍鬍子笑。

「跑快一點！」黃小袍一拳敲在黃袍老怪頭上。

命令一下，這位碗子山本領最高強的妖怪，立即施展神通，腳底冒煙，迅速在波月洞裡繞了三十六圈。直到他兒子滿意了，他才擦擦汗，

站起身來說：

「小妖妖，這麼久不見，有什麼事快說，不然，我等一下還得當小鳥，帶著他在碗子山飛一圈。」

小妖妖搖搖頭：「別對孩子太好，慈祥會毀了妖怪的本性。」

黃袍老怪不解釋，反問小妖妖來意。

「我告訴你一個好消息，看你有沒有……唉唷。」小妖妖話沒說完，屁股就被人踹了一腳，他回頭，是黃小袍。

「什麼消息？」

「唐三藏來了，唐僧肉要來了。」

黃袍老怪搖搖頭，沒興趣：「和尚？和尚窮，身上沒幾兩肉，有什麼好高興的？」

「不不不，唐僧是十世精魂投胎，誰能吃他一塊肉，就能長生不老。」小妖妖想到這裡，口水都流出來了。

小妖妖說：「世上美食那麼多，我只差這一道還沒機會嘗。」

黃袍老怪一聽，點點頭，有興趣了：「你說他正往這裡來？好，我把他抓來，太太分一塊，兒子分一塊，一家子妖怪同享長生不老的樂趣，那也不錯。」

「對對對，你們全家……唉呀，痛呀。」小妖妖沒說完，黃小袍卻拿一把尖刀插在他的屁股上。

小妖妖忌憚黃袍老怪，想生氣又不敢，只能恨恨的拔下那把尖刀。

「等我吃了長生不老肉，我就不怕你這……這可愛的小妖怪。」小妖妖說到「可愛」兩個字時，他的眼睛都快噴火了。

「好吧，小妖妖，你先等一下，我哄他去睡午覺，我家娘子今天不太舒服。來，小乖乖，跟爸比去睡覺。」

黃小袍一聽，跳上老爸肩頭，讓黃袍老怪扛進房裡。

洞裡，突然安靜了。

小妖妖看看四周，這波月洞裡，實在沒幾分妖氣，小妖妖每看一樣就搖一次頭。

椅子上有紅色的墊子，不及格。

桌布上還繡著荷花和百合，也不及格。

窗戶邊掛著窗簾，粉紅色的，更是不及格。

門口，掛著竹簾，一個和尚正巧推開竹簾走進來。

「唐……」小妖妖心跳得好快好快，「唐……唐三藏？」

真的是唐三藏。

唐三藏急著想退出去：「我走錯路了，我走錯路了。」

小妖妖攔著他問：「你徒弟呢？」

唐三藏嚇得牙齒打顫：「他們，他們去化齋了，我以為這裡不是妖怪洞，所以……」

「哈哈哈，真是太棒了。」小妖妖朝洞裡大叫，「黃袍老怪！黃袍老怪！唐三藏，不對不對，是唐僧肉自己送上門來啦！」

小妖妖又歡喜又煩惱：到底煎煮炒炸，該用什麼手法烹調呢？

清蒸的營養多，紅燒的口味濃，如果把唐三藏燉了呢？嗯，湯裡頭應該加枸杞？還是紅棗呢？

這時黃袍老怪走出來，他也笑了：「唐三藏自投羅網，哈哈哈，把

他捆起來！」

「對了！剁成塊，加椒鹽晒成乾。這樣大家都有得吃。」小妖妖終於決定烹調手法了。

幾十個小妖扛著唐三藏，高高興興把他捉到後院。

後院有棵大樹，唐三藏就吊在樹上。

小妖們磨菜刀，燒熱水，砍木柴。

幾個小妖跑出去買鹽巴和胡椒鹽，不過他們出去沒多久，又全部亂糟糟的跑回來。

「大王、大王，外頭有隻長嘴豬和尚來敲門。」

「豬和尚？我不認識什麼豬和尚呀？」黃袍老怪搖搖頭，帶著人走到洞門口。

什麼時候能吃啊？

啊，門外是豬八戒，後頭還跟著沙悟淨。

豬八戒說：「妖精聽著，快放了我師父，否則，我們師兄弟就把這裡折了。」

小妖妖笑說：「對，唐僧在裡頭，等我們晒成乾，分一塊讓你嘗。」

豬八戒貪吃，聽到有肉乾，吞了吞口水，小妖妖想笑，覺得他也是美食一族。

旁邊的沙悟淨立刻大吼：「妖怪！廢話少說。」

沙悟淨舉起寶杖殺進來，小妖妖嚇得在地上一滾。

黃袍老怪大步迎上前，掄起鋼刀架住沙悟淨的寶杖，飛腿踢向豬八戒，三個人跳到空中廝殺。

一時間，杖來刀迎，鈀來刀架，黃袍老怪以一打二，毫不畏懼，愈打愈有精神，打得滿山霧繞雲迷，震得山搖地動。

他們在空中來來往往，打了數十回合也不分勝負。突然，有人在波月洞裡喊了聲：「黃袍郎。」

那聲音嬌滴滴，黃袍老怪一聽立即跳回地面，奔向洞裡那個美麗的姑娘。

小妖妖問：「她是……」

「她是我親愛的太太，寶象國三公主。」黃袍老怪回答的時候，竟然有點害羞。

公主拉著黃袍老怪，撒嬌的說：「剛才奴家做了個夢，夢見金甲天神。」

「天神？天神怎麼會來找妳呀？」

「我小時候，曾到廟裡許願，如果長大嫁給如意郎君，一定會去廟裡還願。自從嫁了你，卻忘了這件事，金甲天神就是來問我，為什麼沒去還願？我醒來，正想告訴你這件事，沒想到走到後院發現一個和尚。黃袍郎，我看你饒了那個和尚算了，就當作替我還了心願，好不好？」

「不好，我要吃唐僧肉！」小妖妖大叫。

黃袍老怪卻說：「當然好，妳是我娘子，長生不老算什麼，來人，放了唐僧。」

公主笑得好開心：「我知道你一定答應，剛才已經從後門放了他。」

「好好好，娘子做得真好。」黃袍老怪轉頭對豬八戒和沙悟淨說，「我家娘子大發慈悲，你們快去後門找唐三藏吧。」

聽到師父的消息，豬八戒和沙悟淨不打架了，他們高高興興去找唐三藏。大家都開心，只有小妖妖握著拳頭，立下志願：

「唐僧肉，不管你多會跑，我早晚吃了你。」

因為唐三藏被放走，小妖妖很生氣。黃袍老怪請他喝茶他不要；請他吃飯，他倒是連吃兩頭山豬才消了氣，甘願讓黃小袍當馬騎。

「跑太慢了，快！」黃小袍扯著小妖妖的耳朵抱怨。

小妖妖還能跑多快？他全身上下只有嘴巴厲害。他正想快步再跑，波月洞的大門卻被人擂得砰砰響。

豬八戒和沙悟淨又來了，小妖妖問：「是不是忘了拿行李？」

黃小袍乾脆張嘴咬住豬八戒的大腿，疼得豬八戒大叫：「黃袍老怪，快放了公主。」

小妖妖納悶，怎麼才放了唐僧，又來要公主？

黃袍老怪暴怒衝出去：「她是我娘子，娘子怎麼可以放出去。」

沙悟淨說：「你十三年前拐跑公主，國王命你把公主放回去，如果說個不字……」

黃袍老怪什麼字也沒說，一把抽出鋼刀，揮刀就砍。

鋼刀閃著刺眼的光芒，以一打二，打得豬八戒連滾帶爬，跌落山坡；打得沙悟淨失了寶杖，摔得四腳朝天。

黃袍老怪將沙悟淨拖回洞裡，下令：「捆起來！」

小妖妖跟在後頭看好戲，說：「好個恩將仇報的唐三藏。」

黃袍老怪斜瞇著眼：「好，我們就去看看國王，順便嘗嘗唐僧肉。」

聽到要吃唐僧肉，小妖妖最開心。

他拍著手踩著舞步，跟著黃袍老怪駕起雲，一飛飛到寶象國。

4 寶象國

寶象國繁榮熱鬧，街上人來人往，商旅與遊客交織成趣。

小妖妖看著黃袍老怪說：「你不能這副模樣去看老丈人。」

對呀，一身妖氣，怎麼見國王？黃袍老怪本領強，念聲變，當場變成書生，小妖妖成了他的小跟班。

兩人跳下雲頭，走進皇宮喝令門口守衛：

「轉告國王，三駙馬來了。」

「三駙馬？」

小妖妖大叫：「沒錯，三駙馬駕到。」

迎接駙馬到，皇宮大門推開，衛兵們站兩排，國王和皇后走出來。

「寡人只有兩個駙馬，你這個駙馬是哪裡來的呀？」國王問。

黃袍老怪不慌不忙說：「臣住三百里外的碗子山波月洞。十三年前在山裡遇到一隻老虎，叼著一位姑娘，我連忙射倒老虎，救了姑娘，十三年來，她一直跟臣在一起，直到昨天，才知道她是公主呢。」

皇后聽了喜極而泣：「她真的是我們家公主？我可憐的女兒。」

國王問：「那老虎……」

黃袍老怪點點頭說：「公主勸我別殺生，把老虎放了，沒想到縱虎歸山，這隻大老虎在山裡修煉成了妖精。聽說前幾年大唐派人來取經，結果，取經人卻半路不見了蹤影，臣心想，這一定是老虎精惹的禍。現在他正變成唐僧來騙您呢。」

小妖妖很配合，立刻指著座上的唐僧大叫：「陛下呀，坐在你身邊的正是那頭老虎！」

國王看看唐僧：「他是老虎？」

黃袍老怪說：「臣終日在山裡打虎，吃的是虎肉，穿的是虎衣，只要是老虎，化成灰我都認得。陛下呀，他正是那隻老虎精。」

唐三藏嚇得臉色蒼白，連忙搖頭否認：「不不不，我怎麼會是老虎精呢？」

國王也說：「這明明是一位得道高僧，怎麼可能是老虎……？」

黃袍老怪不解釋，取一碗水走上前念咒語，接著將水朝唐僧噴去，喝聲：「變！」

只見唐三藏晃了晃，就在眾人面前，變成一隻凶猛的大老虎，還吼

快救朕！

了一聲，嚇得宮殿裡人仰馬翻，刀鎗掉了一地。

宰相喊護駕，將軍拔出刀，國王拉著皇后往後退，士兵們鼓起勇氣，拿起長槍圍著老虎，費了九牛二虎之力才把牠趕進鐵籠裡。

「太可怕了。」人們說。

「太驚險了。」宰相說。

「太感謝駙馬了。」國王說。

光祿寺大擺宴席，國王親自向黃袍老怪敬酒，感謝他救下公主、識破老虎精的詭計。

最開心的還是小妖妖，以前他待在大唐吃御廚料理，那是偷吃，不盡興。今天不一樣，國王敬酒，皇后挾菜；想吃什麼，伸伸手，小宮女就把菜送上來。

「真好吃呀，吃完這宴席，還要吃唐……」小妖妖急忙摀住口，差點兒就把自己的心願講出來呢。

夜深人靜，國王累了，大臣倦了，殿裡只剩下假駙馬和小妖妖還在喝酒。這時，宮外走來一位小宮女，她說：

「駙馬爺，這樣喝酒太無聊，我來替你們斟酒。」

「斟酒，好啊。」黃袍老怪說著，把酒壺丟給小宮女。

小宮女把酒徐徐倒入杯裡，但是杯子滿了，酒卻還在升高，怪的是沒有一滴酒流下來……

黃袍老怪笑說：「有趣、有趣，你能斟多高？」

小宮女說：「再高也沒問題。」

她搬張凳子站上去，倒完一壺又倒一壺，足足倒了五壺酒。

酒在杯子上像一座寶塔，尖尖的，滿滿的。

黃袍老怪伸嘴喝了一口酒：「讚！你會唱歌嗎？」

「會唱也會跳，不過，呆呆的跳不好看，我跳個刀劍舞吧。」

「跳吧、跳吧，跳得好，我就不吃掉你。」黃袍老怪一時口誤，把妖怪本性都說出來了。

小宮女像是沒聽到，只是邊唱邊跳，一手大刀一手長劍，舞了一圈又一圈。突然，那刀劈向正在啃豬腳的小妖妖。

橫空飛來一刀，嚇得小妖妖拿起豬腳一擋，豬腳被削掉一大半。

小宮女一回頭，劍就刺向黃袍老怪。

黃袍老怪低頭閃過，順手拿起一根長槍，兩人從殿內打到殿外。

沒幾回合，氣力不足的小宮女，把刀擲向黃袍老怪，跳上雲端，變

成一條銀色長龍。

黃袍老怪追上天去，一龍一怪在空中大戰。

黃袍老怪身強力壯，銀龍招架不住，被一槍打中後腿。噗通一聲，銀龍掉進御水河裡，再也看不見蹤影。

黃袍老怪笑：「哈哈哈，小小銀龍也敢來作怪。」

小妖妖問：「你不追他？」

「諒他沒膽子再來。」

「對，我們還是想想怎麼吃唐僧吧。」小妖妖說。

「不急，現在當駙馬比較好玩。」黃袍老怪呵呵大笑，又把一壺酒給喝乾了。

他們吃吃喝喝快到天亮，外頭突然一陣吵鬧。

幾個衛兵跑進來說：「駙馬爺，豬八戒和沙悟淨來了，他們說要找您，還抓了您的兒子……」

黃袍老怪氣得酒全醒了：「敢抓我兒子。」

殿外，豬八戒和沙悟淨站在雲上，抓著黃小袍。黃小袍很勇敢，緊緊咬著豬八戒的大腿。

黃袍老怪破口大罵：「是英雄好漢，就別欺負小孩！」

「我不欺負小孩，是你的小孩欺負我。」豬八戒哭喪著臉。

「那你把他放下。」

「你追得到我們再說吧。」沙悟淨大叫，調轉雲頭跑了。

黃袍老怪拉著小妖妖，急忙追上去。小妖妖卻覺得有問題：「沙悟淨怎麼會跑出來？他不是被你綁住了嗎？」

「一定是豬八戒把他放出來的。」

小妖妖說：「豬八戒沒那麼大膽，唉呀，會不會是孫悟空？」

「你是說那個五百年前大鬧天宮的孫悟空？」黃袍老怪聽到這裡，愣了一下，「那隻猴子不好惹，咱們別惹他。」

「別擔心，他本來是唐三藏大徒弟，被唐三藏趕回花果山了。」

「唉呀，我被你害慘了啦，他雖然被趕走，但是聽到師父有難，他肯定會趕回來的！」

兩個人邊說邊追，很快回到了波月洞，公主一看到他，立刻撲過來，淚如雨下：

「黃袍郎，你怎麼現在才回來，剛才豬八戒和沙悟淨搶走小袍，說要帶他去見外公……」公主說到這裡，幾乎快昏倒了。

黃袍老怪安慰她：「心肝，我的小心肝，別哭別哭，再哭就傷身體了，我這兒有個寶貝，摸摸就不會傷心。」

「什麼寶貝？」公主好奇的問。

黃袍老怪嘴裡吐出一顆雞蛋大的舍利子，照得滿室光亮。

小妖妖知道那是黃袍老怪練了幾百年，磨了幾百個難，才練成的舍利子。

黃袍老怪吩咐：「小心肝，來，你摸摸這舍利子，心裡就不苦，要小心，別用力。」

沒想到，公主拿到舍利子，摸了兩下，突然用力一掐，掐得黃袍老怪痛苦大叫。

他想拿回舍利子，公主不但不給，竟然還把舍利子吞進肚子裡。

「心肝……妳……」黃袍老怪大叫。

「好愛娘子的老公啊！妖怪，看看我是誰？」

公主大笑，在臉上抹了一抹，竟變出猴臉……

「你是孫悟空！」小妖妖大叫。

「我是唐僧的大徒弟，你敢欺負我師父？」

黃袍老怪說：「你……你是齊天大聖……你不是被你師父趕回花果山了？」

「古人說，一日為師終生為父……咦，你是……」孫悟空看見小妖妖，「白骨精！你別跑，都是你害我被師父趕回花果山。」

孫悟空棒子來得凌厲，小妖妖來不及躲，閉上眼睛以為死定了，卻聽得鏘的一聲，黃袍老怪拿刀架住那鐵棒：「你都被趕回花果山了，回來做什麼？」

「我師父的白馬，原是西海龍王三太子，昨天晚上他跟你打了一架，被你擊落御水河，負傷到花果山來找我。」

「你說那個小宮女？」

「老孫我一輩子最尊敬師父，聽到師父有難，我當然要來。」

兩人邊打邊說，來來回回大戰七、八十回合。

黃袍老怪大笑：「孫悟空，波月洞裡大妖小妖幾百個，就算你身手了得，今天也叫你走不出這個門。」

「別說幾百個，就是幾千幾萬個，只要查明白了，老孫保證棍棍無空，絕不讓一隻妖精跑掉。」

「別說大話，看我點齊妖怪大集合。」

黃袍老怪吹了一聲哨，全洞妖怪紛紛跑出來，他們拿出棍棒刀槍，把守往三、四層的大門，站得密密麻麻，連蒼蠅也飛不出去。

「孫悟空，有這麼多妖怪，我看你往哪裡逃！」小妖妖也拿起一把刀，雀躍得跟著大家擺出架勢。

孫悟空處變不驚，雙手抱胸，昂首朝天，等到大妖小妖列隊齊全，他才慢條斯理的回頭，笑看滿洞妖怪，喊了一聲變。

轉瞬間，變出三頭六臂，連金箍棒也當場變成三根，孫悟空六隻手使三根金箍棒，邊走邊打，身形如鬼似魅。

可憐的小妖們，碰一下，全身粉碎；刮一下，血流如注。

小妖妖跟著退呀退呀，退到了門外。

這會兒戰場上只剩黃袍老怪支撐，他和孫悟空從洞裡打到洞外。黃袍老怪回頭看群妖盡滅，只能喊聲罷了罷了，化成一道金光，不見了。

小妖妖眼明手快，一看黃袍老怪逃了，他當然也得躲。他後腳跟輕輕敲了敲，留下假的小妖妖，真身躲到山洞上。

洞門外，豬八戒跑來，問：「妖精呢？」

孫悟空說：「妖精逃到天上去了，我猜，他是私自下凡的星。」

「為什麼？」豬八戒好奇。

「剛才他一看見我，立刻知道我的來歷，當年大鬧天宮，說不定他還曾跟我打過架呢。八戒，你好好照顧師父，我去天上問問。」

孫悟空打個觔斗，跳到半空，喊聲：「值星官呢？」

聲音如雷鳴，小妖妖差點兒被震下地來。

空中迸裂一道銀光，一個黑臉天王撥開雲霧，問：

「大聖何事找我？」

孫悟空說：「我保護唐僧取經，路過寶象國，遇到妖精，打鬥到一半，他卻躲到天上去了。我猜他是天上私自下凡的星，請幫老孫查明，天庭上，可是少了什麼神，缺了什麼星？」

黑臉天神一聽，立刻瞪大眼睛，兩眼射出金光。那金光照亮天地，照穿樹石，往地上一照，什麼都照得清清楚楚；往天空一探，天上的星星乖乖歸位。

有那麼一瞬間，小妖妖還以為自己被天神的金光掃到，嚇得變回白骨，動也不動，只留下小小的眼睛，看著黑臉天神揮揮令旗，讓天空上的星星開始排隊。

黑臉天神數了數，收了金光，說：「東西南北、五湖四海眾神都

在，只有斗牛宮外二十八星宿，少了奎木狼星。」

孫悟空問：「他走了多久？」

雲裡降落一顆紫色星星，轉眼變成一個白鬍子老神仙：「回大聖的話，我們是十三日前點的名，距離現在十三天了。」

「天上一日，地上一年，這妖已在人間十三年了，你們還不把他叫出來。」

「是是是。」白鬍子老神仙招了招手，雲霧裡星光閃動，陸續降下二十七顆星星。

這些星星一一變成了神仙，他們同時念動咒語，果然，西北方向的天空，射出一道黃光，黃光閃動幾下，飛到他們之間，變成黃袍老怪。

老怪低著頭，跪在大家面前。

白鬍子老神仙問他：「奎木狼，你為什麼私下凡間？」

奎木狼說：「寶象國的公主，原是天庭仙女，我倆一見鍾情，可是天庭規定不能談戀愛，我們只好約定她投胎做人，我跟著下凡……」

白鬍子老神仙對孫悟空說：「大聖，我把他帶回天庭接受玉帝處罰，您好好保護唐僧吧。」

「幸好，我師父沒事，不然，老孫還要找你算帳呢。」孫悟空說。

黑臉天神把令旗一收，二十八顆星全數飛回天上，各自歸位，在夜空閃耀。

孫悟空跳回波月洞，豬八戒和沙悟淨等在那兒，身邊帶著公主和黃小袍：「我們快把公主送回寶象國，救回師父。」

「對對對，師父被奎木狼變成老虎……唉呀！」豬八戒叫了一聲，

是黃小袍又咬他了，「師兄，救我呀！」

孫悟空瞪了豬八戒一眼：「你呀，師父趕我的時候不幫我，還落井下石陪著罵我，幸好這回龍馬來找我，否則……」

「師兄，以後我一定都聽您的……唉呀呀呀，你咬小力一點。」後頭那句是對黃小袍說的。

沙悟淨也說：「師兄，救師父要緊，他被變成老虎了……」

孫悟空笑說：「變身法，小法術，走吧。」

他們三人使出縮地法，霎時去得無影無蹤。

風吹沙飛，地上一副白骨抖了抖，變回嘴大腿短的小妖妖。

小妖妖抖抖身上的泥沙：「好可惜，差點兒就吃到唐僧肉了。」

不過，他是個天性樂觀的妖精，甩甩頭，再接再厲，說：

「沒關係，西方路很長，路上妖精也很多，我再去多找幾個妖怪，總能找到一個法術高明又愛美食的妖怪，大家一起品嘗唐僧肉，呵呵呵。」

5 蜘蛛姑娘

唐僧師徒往西天取經的旅程，歷經重要險阻；小妖妖想吃唐僧肉，也是經過許多困難。一想到這裡，小妖妖就覺得自己很了不起。

「我是有毅力的妖怪，為了吃唐僧，不辭辛苦。唐僧愛哭又愛抱怨，身邊還有三大高手保護。哪像我，自己奮鬥。」

小妖妖決定自己鼓勵自己，他跳上一顆大石頭，仰天大叫：

「唐僧，我一定要吃了你！」

「我一定要吃到唐僧肉！」

「妖妖要吃唐僧肉！」

他的聲音在山谷裡迴盪，久久不絕於耳。

「太振奮『妖』心啦。」小妖妖高舉右手。

可是他喊完了，手卻放不下來。

小妖妖抬頭一看，他的手竟被一根白色絲線纏住了。小妖妖想把線扯下來，咦？這線好堅韌，扯不開，拉不斷，弄不掉。

瞬時，由四面八方射來更多絲線，將他層層捆住。

小妖妖想衝出去，卻走不掉。

他動動腳，跌一跤；往左動不了，往右倒栽蔥，轉身又跌個嘴啃泥，想爬起來時，已經被倒吊成粽子啦。

唉呀，哪來這種絲呀……

「救命呀！」小妖妖大叫。

四周傳來幾個姑娘笑：「別叫了，沒人聽得見。」

「姑娘們，饒命呀。」

方臉的姑娘摸摸他：「頭大身體小，肉不多，不好吃。」

圓臉的姑娘說：「雖然不好吃，也能當零嘴，留著咱們下午織蜘蛛絲時當點心吃。」

唉呀，原來碰上蜘蛛精。

小妖妖忙說：「別吃我啦，咱們妖怪見面一家親。」

「誰跟你一家親了，我就吃你。」三角臉姑娘拉著他的手就咬，喀啦一聲，小姑娘的牙斷了半截。

小妖妖笑說：「你別吃我，我只是一副白骨，小狗才啃骨頭，放我下來，我告訴你們一個好吃的東西，吃完保證讓你們長生不老，以後當蜘蛛女神。」

七個姑娘同時大喊：「長生不老？」

「對，而且，這個好吃的東西正往這兒來。」

小妖妖繼續說：「唐僧的肚子是世界上最準時的鬧鐘，中午十二點，絕對準時咕嚕咕嚕叫，他就會請孫悟空去化齋。我曾經差點兒得手。」

小妖妖對她們說明計畫：孫悟空本領高、法術好，只要他一走，七位蜘蛛姑娘馬上吐絲把唐僧抓回洞裡。一回洞，馬上殺來吃，千萬別遲疑。多少妖精失敗，都敗在動作太慢。

「那還等什麼呢？」七位姑娘磨拳擦掌等在山邊。

馬蹄得兒得兒響，唐三藏真的來了。

小妖妖心裡噗通噗通的跳，他使個眼色，要蜘蛛姑娘們別急，等孫悟空去化齋。

那時沒手錶，但是太陽才剛升到天空正中間，唐僧果然說了：

「徒兒呀，這兒景色秀麗，應該沒妖精，時近中午，咱們該去化齋了。」

嘿，就像照著劇本演出似的，孫悟空乖乖拿著缽盂跳上雲端：「師父放心，老孫這就去。」

小妖妖大笑，哈哈哈，唐僧肉快到嘴了。

就在他正準備揮手讓蜘蛛姑娘射出蜘蛛絲的時候，唐三藏卻搖搖頭把孫悟空叫回來，說：

「平時都是你們辛苦，今天呀……」

小妖妖嚇一跳，難道他要派豬八戒去化齊，留下孫悟空？哎呀，那隻猴子很不好對付呀！

沒想到，唐三藏說的是：「今天，由我去化齋。」

三個徒弟跟小妖妖都驚呼：「你去？不好吧？」

「這裡花木扶疏，不像有妖氣，你們好好休息，我去。」

唐三藏堅持，拿著缽，走了。

蜘蛛姑娘們一時愣住，怎麼跟計畫不一樣？

小妖妖朝她們揮揮手，輕手輕腳退到樹林外。

「現在怎麼辦？孫悟空根本沒走呀。」三角臉姑娘問。

小妖妖笑了笑：「傻姑娘，我們要抓的是唐僧，他現在正往你們洞裡去化齋，快快快，回去洞裡把他抓起來。」

「對呀。」天下還有比自己送上門更香的肉嗎？

七個蜘蛛姑娘，火速返回洞裡，才剛坐好，唐僧就來到門口了。

「貧僧乃東唐來的取經人，請問，這裡可有素齋，能讓我化些吃吃？」

七個姑娘歡歡喜喜把唐僧帶進屋裡來：「師父呀，吃齋當然沒問題，人家說遠來的師父會念經，姊妹們，快去辦齋來。」

小妖妖領著娘子軍，進了廚房裡刷鍋子、升火爐。炒虎心，煎虎膽，燉熊掌和蒸象腿，開開心心捧到桌子上。

「唐長老，鄉下人家，沒什麼好齋僧，請隨意用用。」

唐三藏一看，滿桌全是肉塊，他連忙喊聲阿彌陀佛：「各位女菩薩，貧僧吃素。」

小妖妖好心的挾塊虎心到他碗裡：「長老，這是素的。」

唐僧說：「阿彌陀佛！和尚若吃了這種『素』菜，哪能上西天取經？」

蜘蛛姑娘們說：「長老，你是出家人，出門在外，不能挑三揀四，有什麼吃什麼。」

唐三藏說不吃，就不吃，他站起來想往外走，但小妖妖攔在門口，盛氣凌人的說：

「上門的買賣，沒有放你走的道理，姊妹們，把他捆了。」

七個姑娘從肚臍裡射出蜘蛛絲來，捆住唐三藏，高高的吊在梁上。

按照小妖妖的計畫，新鮮的唐僧肉要立刻吃，免得節外生枝。

但是七個姑娘都說：「別急、別急，先封了洞口，等他徒弟走了，

細火慢熬，這才能安心品嘗長生不老的好滋味。」

小妖妖勸她們：「想當時，黃袍老怪就是不聽我的勸告，結果……」

蜘蛛姑娘們個個嗤之以鼻：「我們可不是什麼能力薄弱的老怪。走囉，先去泡泡溫泉，回來好吃唐僧肉。」

她們手拉著手，邊走邊說笑，一起去泡溫泉。小妖妖只能不斷勸說：

「先把唐僧蒸了好不好？」

「不好。」

「先吃了唐僧行不行？」

「不行。」方臉的姑娘嫌他囉嗦，射出一股蜘蛛絲，把小妖妖捆成木乃伊，掛上了樹。

蜘蛛精們脫了衣裳，嘻嘻哈哈跳進水裡。

小妖妖吊在樹上，除了眼睛能動，連嘴巴都被封住了。蜘蛛精泡澡沒什麼好看的，那看什麼呢？

唉，一隻小蜜蜂繞著他，飛了幾圈。小妖妖實在太無聊，也只好盯著蜜蜂瞧。

蜂蜜塗饅頭好吃。

烤肉塗上蜂蜜也好吃。

他腦裡閃過無數的美食計畫，可惜，小蜜蜂不會救他。

而且，那隻小蜜蜂，停到了溫泉邊，原地打了幾個轉，愈轉愈膨脹，最後竟然變成一隻大老鷹。

這隻老鷹什麼都不咬，呼的一聲，把七個姑娘的衣服全叼走了。

你們的衣服
我拿走啦！

姑娘們氣呼呼的破口大罵：「這隻畜牲，快把衣服還我們……」

老鷹不理，愈飛愈高。

「蜜蜂變老鷹？蜜蜂怎麼會變老鷹？」小妖妖嚇一跳，如果世界上誰有這種高明的法術，那一定是孫悟空。

他想出聲警告，可惜他被捆成木乃伊，出不了聲。

小路上，還跑出一個胖呼呼的大和尚，長嘴大耳朵，舉著九齒釘鈀，跑到溫泉邊。

正是豬八戒。他大笑：「唉呀呀，幾位女菩薩在這裡洗澡？」

姑娘們驚呼：「你不害臊，我們是姑娘，你怎能在一旁偷看？」

豬八戒冷笑說：「我是唐僧的徒弟，你們把我師父吊在哪？快伸過頭來，讓我各打一下，就算饒過你們。」

姑娘們個個嚇得魂飛魄散，跪在水裡說：「是是是，是我們的錯，我們把你師父吊在洞裡。我們沒吃他呀，請饒了我們性命，我們會好好招待他，用轎子抬他出來，讓你們去西天。」

豬八戒搖搖手說：「那倒不必，人妖不同，我還是各打一鈀吧！」說打就打，他跳進水裡，舉起釘鈀，朝著姑娘們亂敲。

蜘蛛姑娘本來很害羞，光著身子不敢起來，但這時性命要緊，也顧不了那麼多，紛紛跳出溫泉，從肚臍眼裡骨碌碌射出絲來，每一股蜘蛛絲都有鴨蛋那麼粗，轉眼間就把豬八戒捆成木乃伊，這才提了小妖妖回洞裡去。

「這裡不能住了。」姑娘們說。

小妖妖也喊：「對對對，不能住了。不過，要走之前，先讓我咬一口唐僧吧！」

圓臉姑娘拉著他往後山走去，說：「來不及啦，我們快去找師兄。」

6 蜈蚣精

後山有一座道觀。

道觀依山而建，亭臺樓閣數十座，門前種滿翠綠修竹，院裡植滿黃色小花，大門上嵌著一塊石板，題著「黃花觀」三個大字。

東邊的畫廊下，坐著一位老道士，姑娘們一見他就說：

「師兄，你一定要出來主持公道。」

老道士問：「主持什麼公道？」

「今天早上，我們抓住要去西天取經的和尚。」

「你們抓個和尚做什麼？」

七個姑娘把小妖妖給推出來：「你來說。」

「我？」

姑娘們異口同聲：「是啊，一切都是你的主意，當然你來說清楚。」

小妖妖說：「那和尚是十世修行的真體，誰要是能吃上他一塊肉，立刻就能長生不老。」

老道士睜開眼睛。怪怪，他的眼睛跟常人不一樣，多了幾十顆，只是究竟有幾顆眼睛，小妖妖也數不清。

老道士說：「這筆買賣不差呀。長生不老，呵呵呵，長生不老。」

七個姑娘異口同聲的說：「可是，唐僧的徒弟豬八戒把我們攔在溫泉裡，搶了我們的衣服，又想傷我們性命，我們差點兒遭了他的毒手，請師兄替我們報仇。」

「所以唐僧跑了？」道士問。

「他還沒跑遠。」姑娘們擦擦眼淚。

小妖妖還補上一句：「若能抓到唐僧，大家同享長生不老……」

老道士搖搖手讓他們不用再說：「放心，我絕對會抓住他們，為師妹們報仇，也為自己的長生不老加油。」

「師兄作主，馬到成功。」七個姑娘笑了。她們說哭就哭，說笑就笑的功夫沒人能比。

正說著呢，外頭小道士跑進來稟報觀外來了四個和尚，想進來化齋借宿。

「是他們，跟他們拚了。」七個姑娘說。

老道士悄悄的說：「不用拚，不用拚，你們跟我來。」老道士進了房，取了梯子，爬上屋梁，拉出小木箱，箱裡取出一包藥。

「這是……」小妖妖問。

老道士笑笑說：「這是黃花山上的百鳥糞。我取千斤鳥糞，熬成一小杓，再用大火煉它七七四十九天，最後只剩三分之一，再炒，炒了再薰，薰了再炒，費盡千辛萬苦才製成這包藥。嘻嘻，這藥呀，即使神仙嘗一口，也要地獄走一遭。」

小妖妖吐了吐舌頭：「這麼可怕？」

老道士還得意的補充：「平常人吃，只需一小滴，入口就得死，這四個和尚，道行再高，也只要半匙。」

老道士泡了四杯紅棗茶，裡頭各放半匙毒藥，再加上一杯給自己喝的，黑棗茶，不下毒。

小妖妖怕孫悟空法術高，還在孫悟空那杯再多加上半匙藥，才變成小道士，捧著茶盤，跟著老道士走進大廳。

唐僧師徒四人坐在大廳上，小妖妖誰也不瞧，就盯著唐僧。白白胖胖的唐僧啊，只要咬一口，咬一口就長生不老了。不過，他眼睛一瞄，嚇一跳，原來孫悟空正盯著他。

孫悟空有火眼金睛，千萬不能讓他認出來，小妖妖急忙低下頭去。

「請喝茶。」老道士瞄了小妖妖一眼，示意他奉茶。

小妖妖把茶端過去，有毒的是紅的，沒毒的是黑的，他把紅棗茶給唐僧，給豬八戒，給沙悟淨，還要給孫悟空……

豬八戒拿了茶就要喝，孫悟空眼尖，發現茶水分兩色，他說：

「先生，我跟你換一杯。」

老道士笑說：「不瞞四位，山上茶不夠，只夠泡四杯紅棗茶，這可是西域名產，我自己喝的是不入流的黑棗茶。這種茶怎麼能讓貴客喝呢？」

孫悟空不肯：「出家人，什麼茶都能喝，我就想喝你那杯茶。」

一個想搶，一個不給，爭來爭去。

唐三藏念著：「悟空，道長厚愛，別無禮。」

孫悟空只好接過杯子，小妖妖心都快跳出來了，只要孫猴子一喝……

豬八戒搶著第一個喝，唐僧和沙悟淨也跟著把茶喝下肚。那茶才沾上嘴脣，豬八戒臉脹得通紅，唐僧口吐白沫，沙悟淨暈倒在地。

小妖妖笑著說：「倒了，倒了，連猴子也……」

孫悟空沒倒，他沒喝。

茶杯擲來，道士一揮，噹的一聲，那茶杯跌得粉碎。

孫悟空大罵：「我們與你有什麼冤仇，你竟在茶裡下毒？」

「哼，你們偷了我七個妹妹的衣服，還想打殺她們！」

「她們是什麼妹妹，明明就是妖精，你認妖精當妹妹，一定也是個妖精，吃老孫一棒！」

孫悟空從耳朵裡掏出鐵棒來，晃一晃，就有碗大粗細。鐵棒朝老道士打來，老道士不慌不忙，轉身取了一口寶劍迎戰。

小妖妖怕道士打不過孫悟空，急忙去後頭叫出七姊妹。

她們從肚臍眼裡，骨碌碌的噴出絲線，絲線愈纏愈黏。

孫悟空看他們人多勢眾，抵擋不住，立馬打個觔斗，撞破一個洞，跑了。

蜘蛛姑娘怕他又回來，繼續噴出大量絲線，把黃花觀裡一層外一層，層層疊疊用蜘蛛絲纏了幾千幾萬層。

「那猴子自以為高明，其實不堪一擊。」方臉姑娘說。

「早知道，咱們就不必棄了盤絲洞。」圓臉姑娘說。

「他若敢再來……哼哼……」

三角臉姑娘還沒說完，外頭殺聲震天，幾十個小小孫悟空手裡拿著鹿角叉衝進來，他們用叉子攪著絲線，嘴裡喊著：

攪攪攪，攪成大號棉花棒。

攪攪攪，攪成大號棉花糖。

一根送娘嘗，
一根送爹嘗，
他們誇我好兒郎。

歌聲朗朗，強韌的絲線全被攪斷了，蜘蛛姑娘們嚇得花容失色，一個個變回蜘蛛本相。

那幾十個小小孫悟空，十個一組，一組一組用鹿角叉押住大蜘蛛。

孫悟空在後頭喊著：「老道，還我師父、師弟來。」

七隻蜘蛛也求著：「師兄，還唐僧，救我們。」

老道士卻笑了笑：「妹妹，我要吃唐僧，可救不了你們。」

孫悟空大怒：「不還我師父，看看你妹妹的下場。」

看招！

他把鹿角叉一晃，變回金箍棒，一棒把七隻蜘蛛精打得稀巴爛。

孫悟空的尾巴搖了搖，七十個小小孫悟空，瞬間又變回他身上的毫毛。

「太殘忍了。」老道士舉起寶劍衝上前去。

他們雙方劍來棍往，殺得風吹沙響，鬥得天昏地暗。

一開始老道士還能支持抵抗，但漸漸的力氣用盡，呈現敗象。

小妖妖正想腳底抹油，溜之大吉時，老道士不慌不忙解開衣帶。

哇，他全身上下露出一千隻眼睛，每隻眼睛都射出金光。一道道金光結成了金光陣。

金光陣裡，黃霧像噴雲，金光如烈火，孫悟空被困住了。

他在裡頭亂轉，向前不能，後退也不行。心一急，往上一跳，想不到那金光竟然像是鋼鐵鑄成，撞得他頭疼欲裂，又跌了下來。

「哈哈哈，孫悟空，你跑不了啦！」小妖妖大叫。

孫悟空往上出不去，四周又被籠罩住，他急中生智，念個咒語，變成一隻穿山甲，往地裡一鑽，消失得不見蹤影。

金光陣裡，老道士得意的問：「小妖妖，你看我這陣法如何？」

「太酷了，我從沒見過孫悟空落跑的。咱們好好享用唐僧肉吧。」

「唐僧肉要吃，但還要防備孫悟空回來。」

「對對對，孫猴子如果自己打不過，聽說會上山下海求幫手。」

「哼，任他去求吧！我的死對頭可不好找。」

小妖妖問：「你有死對頭？」

「沒錯，除非他找到毘藍菩薩，可惜，菩薩家住得遠。」

「多遠？」

「至少十萬八千里，一來一往，也要十天半個月吧！等那時，唐僧肉早被我們啃個精光了，走走走，去廚房！」

小妖妖嚥了嚥口水，激動極了。這個機會終於還是被他等到了……

「先清蒸還是紅燒呀？」小妖妖問。

「唉呀，哪有那麼多講究？妖怪吃東西，都是一口嚼。」老道士說。

「不不不，咱們妖怪界裡，也是有美食家的，像我……」小妖妖正想介紹他的烹調手法時，半空中傳來一陣金鐵相交的聲響。

只聽老道士慘叫一聲，驚喊：「誰？誰把我的金光陣給破了？」

「一定是孫悟空找來幫手了。」小妖妖大叫。

「能破我金光陣，我不相信……」老道士用力撐開自己身體，現出本相，是一尾長達百尺的蜈蚣。

「孫悟空，受死吧！」那蜈蚣精用力把所有眼睛全都睜開，每一隻眼睛都如拳頭大小，射出道道金光。

孫悟空站在雲上，旁邊多個老婆婆。

「老道，你瞧瞧她是誰？」孫悟空說。

那位老婆婆，看起來和藹可親，仔細再看看，法相莊嚴，簡直就像……

「毘藍菩薩？這麼短的時間，你怎麼……你怎麼能請到她來？」

孫悟空笑嘻嘻的說：「老孫觔斗雲，一翻十萬八千里，這有什麼難的呢？」

毘藍菩薩從身上取出一根金針，往老道士身上一拋，老道士想逃，渾身上下卻被定住了。頓時，在一陣霹靂啪啦的破碎聲中，他全身上下那千顆眼睛全破，而站起來像大樹般百尺高的身體左搖右晃，朝小妖妖直挺挺的壓了下來。

砰的一聲，老道士倒了。

啪的一聲，小妖妖被壓在蜈蚣精的身體底下。他想逃，但蜈蚣身體太重，他動不了，也看不見，只剩耳邊傳來有人說話的聲音：

「菩薩，你真是厲害，這是什麼繡花針？一丟就能打敗這個老妖怪。」是孫悟空在說話。

「這寶貝，不是鋼來不是鐵，它是從我兒子的眼睛裡煉出來的。」是毘藍菩薩的聲音。

「令郎是……」

「我兒子是昂日星官。」

「昂日星官？他是公雞星，難怪能破蜈蚣陣。」

「悟空，我這裡有些解毒丹，你快拿給你師父和師弟服用。」菩薩好像這麼說。

「謝謝菩薩。」孫悟空的聲音聽起來就像在身邊。

小妖妖躺在死蜈蚣身體底下，一動也不敢動，怕稍微動一下就被孫悟空發現。

他等了很久很久，聽見豬八戒醒了，唐僧不哭了，沙悟淨牽著馬走了，四周再無聲息。他又等了很久很久，終於確定沒人了，他才敢用牙齒把蜈蚣的身體咬破，鑽了出來。

想吃唐僧肉，真是困難啊，孫悟空法術高、武藝好。還有，猴孫子

的交遊廣闊，五湖四海都能找到幫手來。唐僧身旁有這麼強的高手在，誰能吃到他的肉？

如果是平常的妖怪，這時應該會放棄了。但是小妖妖可不是平常的普通妖怪，他可是天底下最貪吃、最愛美食的妖怪呀！

「我可以，我一定可以。愈不容易的事才愈有挑戰性，妖怪也有不怕困難的。」小妖妖想起美味的唐僧肉，吞了吞口水在心中立誓。

於是，這個頭大大身體小小的妖怪，擦了擦嘴邊的口水，邁開步伐，繼續朝著西方趕去。

7 分瓣梅花計

山高路遠太陽大
追逐唐僧我不怕
長生不老志氣大
我的志氣大……

小妖妖邊走邊唱，不知不覺，走進一座高山。

人家說，山高必有妖，小妖妖看了好歡喜，他相信絕對能在這裡找到修煉多年、武藝高強的妖精同伴。

「大家一起來，同心協力吃唐僧，加油！」小妖妖手舞足蹈雀躍唱著。

這是一座怪石嶙嶙、岩峰峭峭的高山，山壁陡峭，飛砂走石，一陣風從山谷裡幽幽的吹來。

那風，細細長長的，風裡還有聲音，聽起來哀哀怨怨的，不像東西南北風，也不是春夏秋冬風。

「這絕對是個能手在作法。」小妖妖三步併作兩步趕向前，他愈往山裡走，風愈大。

這風吹了一陣子，突然停了。風說停就停，但瞬時間四面八方飄來一片綠色霧氣，鋪天蓋地的攏上山丘。

於是，太陽像綠色的月亮，漠漠濛濛；萬物無聲，小妖妖只聽得見自己的心跳聲。

懸崖邊，幾十個小妖圍成圈圈，中間坐個千年老妖精，獠牙閃閃發亮，牛鈴大眼，銀色鬍鬚，正在那兒噴風吐霧。

突然，老妖精把嘴一合，指著小妖妖問：「哪裡來的人？」

小妖妖急忙走上前回答：「大王，特別向您報告個消息。」

「什麼消息？」

「大唐派去取經的和尚，名叫唐三藏，他是釋迦如來座前弟子，十世精魂投胎，誰吃上一塊他那美滋滋的肉……」

「怎樣？」

「包您吃完長生不老，不必再費千年修煉的功夫。」

「你告訴我這麼多，有什麼條件？」

「大王抓得唐僧後，分小的一口肉嘗嘗，讓我也有機會長生不老。」

那魔王聽完一陣冷笑：「呵呵呵，有這等好事，我自己手下兄弟眾多，人人都要嘗，哪輪得到你？來人呀，把他捆了，咱們去前頭列陣抓唐僧。」

哇，這魔王擺明了要黑吃黑！小妖妖想反抗，但對方「妖」多勢眾，七拳八腳把他打倒在地，再捆在柱子上。

好個黑心魔王，綁了小妖妖之後就率領眾人，埋伏在路邊。沒等多久，前邊來了個矮矮瘦瘦的和尚，手裡敲木魚，嘴裡哼哼呵呵，仔細聽，也不像在念佛號，倒像在說歡迎光臨。

魔王大喊：「唐三藏，別跑。」

那些小妖，衝上前去把和尚團團圍住，這個扯他的袈裟，那個拉他的褲腳，推推擠擠中，那和尚還說：

「別急別急，等我一家一家吃過去。」

「吃過去？」小妖們一頭霧水。

和尚說：「我家孫師兄說，你們這兒樂善好施，專門齋僧。」

魔王笑道：「不不不，咱們這裡不齋僧，咱們只吃僧；上蒸籠蒸了吃，下油鍋炸了吃。唐僧，你就讓大伙兒吃了吧。」

「唐僧？我不是唐僧，我是……」只見那個和尚搖搖頭，扯扯耳朵，現出原身，竟然長得豬頭人身。

豬頭和尚手裡拿著一根九齒金鈀說：「我是唐僧的二徒弟，豬八戒，我替師父出來化齋。」

「原來你是唐僧的徒弟。好，先抓你，再抓你師父。」

魔王從身後拉出一根鐵杵，與豬八戒兩個人就在山坳殺了起來。九齒釘鈀揮過去，滾起狂風；鐵杵打回來，濺起飛砂走石，兩人各顯神通，大戰數十回合。

打著打著，魔王身邊有眾多小妖吶喊助陣，愈打愈有精神，但豬八戒這邊只有自己一人，釘鈀漸漸亂了陣式。

魔王見狀正要一杵把豬八戒打倒時，空中傳來一陣厲喝：

「魔王，老孫來了！」

豬八戒一聽那聲音，精神一振，九齒釘鈀重新使得虎虎生風，當場打得魔王潰不成軍。

「小的們，退了退了。」魔王大叫，也不管其他小妖，自己先跑。

魔王回到洞裡，呆坐在石椅上。看看天，嘆了口氣，看看地，又嘆了口氣。

他再回頭看看綁在柱子上的小妖妖，狠狠的瞪了他一眼，忍不住破口大罵：

「都是你害的，沒事提什麼唐僧，害我被唐僧的徒弟打得好慘。」

小妖妖問：「唐僧手下有三個徒弟，大徒弟孫悟空，二徒弟豬八戒，三徒弟沙悟淨，大王遇到誰啦？」

魔王問：「沙悟淨和豬八戒來比，誰厲害？」

「差不多。」

「孫悟空呢？」

小妖妖吐了吐舌頭說：「孫悟空神通廣大，變化多端。他五百年前曾經大鬧天宮，十萬天兵天將也打不過他。想吃唐僧，就得先過他這一

關。」

魔王搖搖頭，長長的嘆了一口氣：「難呀！剛才碰到豬八戒，我已是勉強打勝；但是孫悟空一來，唉，難難難。」

魔王嘆氣時，整個妖洞瞬間布滿了他吐出的綠色霧氣。霧氣裡，什麼也看不清，不過，小妖妖的聲音聽來很清楚：

「魔王，不難！」

魔王不禁喜出望外：「你有方法？」

小妖妖看看身上的繩索：「這個……」

魔王立刻派人將他鬆綁，再問：「你真的有方法，治得了孫悟空？」

小妖妖做了幾個暖身操，把手腳都轉了轉，這才壓低音量說：

「我和孫悟空交手多次，我想了又想，想出一個絕妙好計。」

「什麼絕妙好計？」

小妖妖說：「我有一個分辦梅花計，絕對是好計。」

「分半個梅花？」

「什麼是『分半隻梅花雞』？」

滿洞的大妖怪、小妖怪，統統伸長了耳朵問。

小妖妖瞪他們一眼，只好從頭開始說明：

「是分辦梅花計。就是請大王集合洞中大小妖怪，千中選百，百中選十，十個中再精心挑出三位。這三位必須是您最能幹的部下，不只要有隨風變化的手段，擁有隨機應變的腦袋，還要請他們變成大王的模樣，穿了您的盔甲，拿了您的鐵杵，一個大戰豬八戒，一個引開沙悟淨，最後一個專門對付孫悟空。只要唐僧這三個徒弟一離開，大王，要

抓手無縛雞之力的唐僧，有什麼難的呢？」

魔王一聽，覺得有理，樂得眉開眼笑：「小妖妖，你這方法太妙了。我決定了，只要抓到唐僧，你就待在這裡當副老大；吃唐僧時，讓你吃最嫩的那一塊。」

「謝謝大王，趕快選將吧。」小妖妖提醒。

「對對對，差點兒忘了。」

魔王立即點兵，群妖個個化妝打扮忙個不停。滿洞妖兵，分成四股，各自埋伏在路旁。

「只要孫悟空不來，要是他真的來了……」魔王還在想呢，馬蹄聲得兒得兒響著，唐僧真的來了。

小妖妖揮揮令旗，一號假魔王持著鐵杵，衝出去：「豬八戒，我們再來大戰三百回合。

「六百回合老豬也不怕你。」豬八戒持著釘鈀迎上前去，他們一來一往，在山坡下打起來。

小妖妖笑笑，朝魔王比個讚，他再揮揮令旗，二號假魔王出發。

孫悟空發現又來了一位魔王，急忙呼喚：「八戒，真的魔王在這裡。妖怪，哪裡去，看老孫的棒子！」

二號魔王不跟他說話，拿著鐵杵迎戰他，兩個人就在森林裡大打出手。

沙悟淨怕師兄打架傷著師父，急著護送唐僧往前走。可惜小妖妖早料到他會這麼做，趕緊放三號假魔王出洞，引開沙悟淨。

可憐的唐僧，現在身邊再沒半個高手保護他，只能一個人孤零零的

騎在白馬上，進也不是，退也不是。

突然，一陣陰風吹來，滿天都是綠色的霧氣瀰漫，霧氣裡伸出了一隻巨手。

巨手一撈一握，就把唐僧抓回洞裡去啦。

8 南山大王

「副大王，唐僧來囉！」魔王跳下雲頭，扯著唐僧進洞。

小妖妖笑得合不攏嘴，吃唐僧的願望，終於要成真啦！

感動的淚水在他的眼眶裡滾來滾去，他握著拳頭，激奮不已。

唐僧可憐兮兮的被綁在柱子上，小妖妖東捏一把，西摸一下，模樣就像個婦人在市場揀菜。

洞裡眾人挑水刷鍋子，燒火搬木柴，小妖妖仰天大喊：「來！蒸了唐僧，我們一人吃他一塊肉，從此長生不老。」

「對對對，」滿洞小妖喊著：「吃唐僧，吃唐僧，煎煮炒炸蒸一蒸。」

小妖妖抱著唐僧大腿，張嘴就要咬下去了，一隻大手突然把他提起來：「等一下，還不能吃呀。」

小妖妖好著急，多少妖怪都敗在這句「等一下」。

「抓都抓到了，為什麼不吃？」

「吃唐僧沒問題，對付豬八戒和沙悟淨也沒問題，有問題的是孫悟空，他的金箍棒橫空輕輕一畫，山就矮一半。要是他來了，我們連安身之處都沒了。」

「大王，那該怎麼辦呢？」滿洞小妖問。

「先把唐僧綁在後院，等孫悟空找不到他師父，三個師兄弟解散了，我們要蒸要煮，要炒要煎，統統沒問題。」

小妖妖急呀：「大王，大王，先吃再說啦。」

南山大王一腳把他踢開，派小妖把唐僧綁到後院。

才剛綁好唐僧，前頭一陣敲門聲：

「妖怪，快把我師父送出來，免得老豬鏟倒你家的大門。」

那聲音轟隆轟隆響，連環洞裡像是搖了十八級大地震，眾家小妖坐不住、站不住，山洞泥粉紛紛往下落，每個人都成了泥土妖。

魔王伸手撢掉滿臉土粉：「誰？誰誰？是誰來找師父？」

小妖妖安慰他：「大王別怕，我們去看看。」

從破了的窟窿望出去，外頭站著一個長嘴大肚子的和尚。

這和尚小妖妖認得，他揮揮手對魔王說：「大王，沒什麼好怕的，是那個沒本事的豬八戒，他再敲門，我們連他抓進來一起蒸，怕就怕那個毛臉雷公嘴的孫悟空。」

「對對對，豬八戒不可怕。」

魔王剛放下心，外頭又有人敲門了。

這回聲音更大，洞裡更搖晃，轟隆轟隆像雷鳴：

「妖怪，我老孫在這裡，快把我師父送出來。」

小妖妖一看，嚇一跳：「是孫悟空，孫悟空來了。」

魔王怨他：「都是你的『分半隻梅花雞』，現在惹到他，怎麼辦？」

小妖妖靈機一動：「大王，我們送顆假人頭去哄哄孫悟空，把他騙走了，我們就能安心享用唐僧。」

「去哪裡拿假人頭呢？」

小妖妖笑一笑：「這個倒簡單。」

小妖妖是白骨化成的妖精，隨意變化的本事高，他拿了一塊爛木頭，刻成人頭，噴上蕃茄汁。哇！看起來果然像唐僧。

假人頭被送到門口，小妖妖說：「大聖爺爺，你師父被我們請進洞裡後，洞裡的小妖怪太頑皮，這個來啃，那個來咬；抓的抓，啃的啃，一不小心，你師父就沒了，幸好，他的頭還在這兒。」

孫悟空在洞外說：「吃就吃了，把我師父人頭拿出來，我看個真假。」

小妖妖從大門窟窿扔出那顆頭。

唐僧頭一丟出去，豬八戒立刻放聲大哭：「可憐啊！我可憐的師父啊。」

小妖妖一聽，心裡樂了，沒問題了。

沒想到，孫悟空大罵：「呆子，你連真假都沒看，怎麼就哭了？」

豬八戒說：「人頭哪有假的呀？」

孫悟空說：「這是個假人頭。」

詭計被識破了？洞裡小妖妖嚇一跳。

洞外豬八戒不相信：「怎麼會是個假的？」

孫悟空說：「真人頭丟下去，沒有聲響，假人頭一扔，就會哐哐響。不信，我丟。」

孫悟空拿起那顆假人頭，往石頭上一丟，果然哐哐哐的響。

沙悟淨大叫：「師兄，響的。」

孫悟空拿起金箍棒，噗的敲破那顆頭，果然露出樹頭來。

豬八戒氣得大罵：「你們這幫妖魔鬼怪，把我師父藏在裡頭，還拿爛木頭哄騙我，難道我師父是爛木頭精呀？」

連環洞裡，魔王搖搖頭：「孫悟空不好騙，知道那是假人頭。」

小妖妖說：「想要真人頭，那也容易，把洞裡吃剩的頭送一個去，他就認不出了呀。」

「還是副大王聰明。」

連環洞裡人頭多，魔王立刻派人挑揀了一個新鮮的人頭，讓小妖妖捧出去。

小妖妖一把將人頭丟出去，說：「大聖爺爺，這是唐老爺的頭，我家大王本想留下來做成紀念品，這會兒特別獻出來。」

那顆人頭掉在地上，鮮血咕嘟嘟嘟往外流，三個師兄弟一看是個真的頭，全哭了。

孫悟空抱著人頭，哭哭啼啼往山下走，豬八戒和沙悟淨跟在後頭，

說是要去找個風水好的地方埋了。

他們一走，滿洞的妖怪大聲歡呼，抬著小妖妖在洞裡遊行呢。

「副大王，副大王！」這邊喊。

「吃唐僧，吃唐僧！」那邊喊。

不過，歡呼聲中，好像聽到一點雜音，砰砰砰砰響。

小妖妖手一舉，歡呼的妖怪全閉上嘴，遊行的妖怪停下腳步。小妖妖側耳聽了一下，砰砰砰砰的響聲來自前門。

「還我活的師父來，還我活的師父來！」門外有人在大叫。

大家面面相覷，聽這聲音，是孫悟空在敲門。金箍棒每敲一下，洞裡就震一下，那道石門能撐多久呀？

唉呀，看來孫悟空一埋了假師父，立刻上門來找他們真算帳。

魔王問：「要是他們打進來，我們該怎麼辦？」

小妖妖說：「一不做，二不休，大家齊心對付這三個和尚吧。」

魔王點頭同意：「看來也沒辦法了。小的們，咱們同心協力殺敗這些和尚。」

幾千個小妖，拿齊了槍棒刀劍，跟著魔王，殺出洞外。

洞外，孫悟空站在高崗上：「誰？是誰抓了我師父？報上名來。」

魔王說：「孫猴子，你不認得我？我是南山大王，你師父已經被我吃了，你想怎麼樣？」

「南山大王？好大的口氣，哼，別走，看棒。」

南山大王側身閃過金箍棒，咬著牙把鐵杵耍得像風火輪，這時旁邊跳出豬八戒，拿著釘鈀打向副大王。

小妖妖著地一滾，指揮身邊的大妖小妖上前：「殺殺殺，別讓他們跑了呀。」

一時間，群妖大戰取經師兄弟，棍棒齊飛，塵土滿天。

混戰中，孫悟空眼看不能取勝，拔了一把毫毛，放在口中嚼了嚼，噴出去，喊了聲：「變！」

小妖妖雖然大戰豬八戒，還是隨時注意著孫悟空，一看他嚼毫毛，知道他又要使出分身法，暗叫：

「糟了，糟了，孫猴子又要以多欺少了。」

一個孫悟空都打不過了，何況滿山滿谷的孫行者？果然，那些毫毛全變成齊天大聖孫悟空，個個手使如意金箍棒，從前邊往裡打，幾千個小妖顧前不能顧後，防左不能防右。

小妖妖大叫：「小的們，咱們快點退回洞裡。」

妖怪們腳底抹了油，他們逃命時跑得比誰都快。進了洞，搬石塊，挑泥土，忙著把前門堵上。

大家都被孫悟空打怕了，洞裡安安靜靜，沒有半點兒聲響。

不過，後洞有聲音，小妖妖挪到後門聽聽。

啊，是豬八戒和沙悟淨在哭。他們挖了洞，正在埋假唐僧。

「他們真的相信了，把假人頭當作唐僧。」

小妖妖好高興，他三步併做二步跑。這麼開心的時候，就算身邊有隻蒼蠅飛，小妖妖也不在意。

只是這隻蒼蠅很討厭，一直跟著他，趕不走，打不到。

小妖妖回到前門，拉著南山大王說：「大王、大王，可喜可賀呀。」

南山大王問：「還道什麼喜，幾千個妖怪全待在這洞裡出不去。」

「大王，唐僧的徒弟正哭哩！他們把假人頭當成了真唐僧。」

「那又怎樣？孫猴子太厲害，我們出不去。」

小妖妖笑說：「大王，我們的門既然堵上了，他們打不開，只好去祭拜唐僧，今天哭一哭，明天哭一哭，哭幾天就不哭了，等取經大隊自己解散，到那時……」

「那時怎樣呀？」

「我們把唐僧抓出來，細細的切，大火快炒，香噴噴的，大家一塊吃，同享延年益壽，長生不老。」

旁邊的小妖聽了拍手，跟著出主意：

「不不不，還是蒸著吃，那才嫩。」

「煮了吃，比較省柴火。」

「這麼稀有的寶貝，當然要風乾起來，吃得久一點。」

大廳裡，大家討論得好開心，那隻小蒼蠅，這邊兒飛飛，那邊兒飛飛，還停在小妖妖的鼻子上跟他對望。

「討厭的蒼蠅。」

他用力拍向蒼蠅，蒼蠅反應更快，咻的一聲飛走了。小妖妖那一巴掌，打在自己鼻子上，痛得他彎腰大叫。

「哈哈哈，笨妖怪。」蒼蠅好像這麼說。

「你敢笑我？」小妖妖把右手變成蒼蠅拍，追著蒼蠅又打又叫。

只是這隻蒼蠅實在太厲害，不管小妖妖如何追打，蒼蠅就是能逃得開。

而且，是他眼花嗎？怎麼看那蒼蠅好像邊走邊灑些什麼？細細的，黑黑的，有手有腳的小蟲兒，蟲兒一碰到妖怪，就拚命的爬進人家的鼻孔裡。

啊，先鋒小妖打了個長長的哈欠，睡著了。

哈，探路小妖伸了伸懶腰，揉了揉眼睛，睡著了。

幾十個小妖同時喊一聲「我……」，眨了眨眼睛，全都睡著了。

「那是……瞌睡蟲？神仙界第一神奇的安眠藥？」

小妖妖聽過這種神奇法寶，他正想叫大家注意，那蒼蠅也笑著，瞬間朝他丟出幾十隻瞌睡蟲。

好熟悉的笑容呀……

就在小妖妖快閉上眼睛時，他終於想到：「啊！是孫悟空！」

小妖妖點著頭，猛打哈欠，真想睡呀。

他在自己大腿上捏了一下，疼得他又睜開了眼睛。

不能睡不能睡，一睡著就完了。

小妖妖慢慢的念著咒語，很慢很慢的念。

他真的很想睡，眼睛勉強睜開一條縫。

他看見南山大王倒下去了，蒼蠅變成猴子了……

他看見猴子掄起金箍

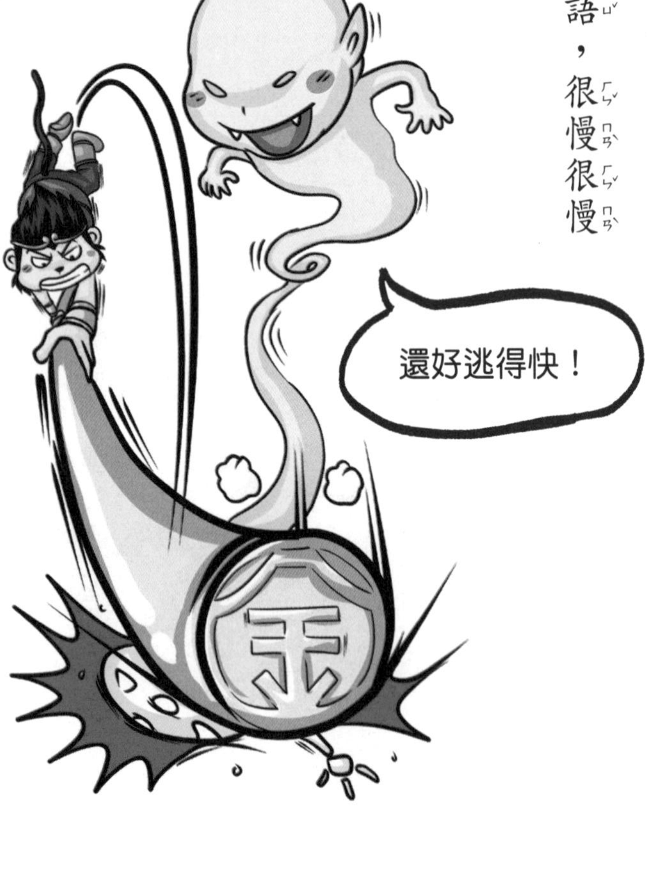

棒，一棒把魔王打成肉餅……

他還看見唐僧被放下來了。

幸好，小妖妖在孫悟空的棒子朝他揮過來的那一剎那，念完最後一個咒語，他的真身化成一道輕風，飄走了。

地上只留下一個假的小妖妖。

砰的一聲，金箍棒也把假小妖妖打成肉餅。

小妖妖呢？

他蕩出洞，飄上藍天……

9 兔子公主丟繡球

呼嚕嚕，呼嚕嚕，一陣風，輕輕打著呼，繞著皇宮轉呀轉。

矇矇朧朧，風裡好像有個影子，看起來像一副白骨。

哈哈，猜對了！那是小妖妖。

小妖妖變成一陣風，不停打呼嚕。都是孫悟空的瞌睡蟲太厲害，讓他足足睡了三個月又三天，也在天上飄了三個月又三天。

幸好，吹的是東風，他就算睡著了，也能一路向西，飄往唐僧所在的方向。

另一個幸好是，有棵桂花樹將他擋攔了下來；瞌睡蟲飄走了，小妖

妖醒了。

他愣了一下，想起自己為什麼會到這裡來。沒錯，他想吃唐僧，卻吃不到唐僧，結果變成一陣風，在西方的路上飄呀飄、蕩呀蕩。

用了那麼多方法，仍然吃不到唐僧。要是普通人，早就放棄了。

要是普通的妖精，早就認輸了。

可是，小妖妖不是這樣的妖精哦，他是妖怪界裡最有毅力、最有創意，也最有勇氣的白骨精。

「唐僧，你等著，我一定要吃到你。」

小妖妖給自己打完氣，從空中翻了十八個觔斗終於落下地來。

啊，地面花園錦簇，還有美麗的宮殿，這裡如果不是大戶人家，就是……

一個美麗的小姑娘站在小妖妖面前，嬌斥：

「哪裡來的妖孽？敢在本公主面前撒野？」

那個小姑娘，年紀不大，眼睛很紅，長長的耳朵，看起來很像……兔子。

「妳是兔子公主？」

「什麼兔子公主？我是天竺國公主。」

小妖妖有個本事，是人是妖一聞就知。

「明明是隻兔子精，還說自己是公主哩？妳想不想長生不老？」

「果然是妖孽，連我的來歷都知道。」

「想長生不老嗎？」小妖妖又問了一次。

公主點點頭：「你有方法？我想青春永駐，我跟你說，我用了很多方法都沒效，敷面膜、擦保養品和貼小黃瓜……」

這公主一講起話來，就嘰哩呱啦的，小妖妖想插話，等了幾次都等不到機會。最後只好心一狠，終於吼著把唐僧的來歷說完。

小妖妖追問：「我睡了很久，不知道他過了天竺國沒有？」

公主笑著拍拍手：「還沒、還沒，昨天侍衛來報，說有大唐取經人到天竺國，明天就會進城了，你知道嗎？我們天竺國呀，別的不說，就是對客人熱情……」

兔子公主一說又是半個時辰。小妖妖等了半天，終於等到她喘一口氣的時間，急忙插一句話進去：

「那要想個計策，唐僧身旁有三大高手保護他，別說吃他，就是想咬他一根手指頭都有問題。」

公主說：「唉呀，說到這個你更別擔心了。父王說了，明天早上他要幫我辦拋繡球招親。只要我把繡球丟給他，再宣他進宮嘛，管他五大、八大還是肚子大……」

小妖妖急忙搶了一句：「只有三大高手。」

「是吧，才三個，三個哪算多呢？我們天竺國呀，將軍三千零三個，士官長三十三萬……」公主幾乎停也不停的，又繼續叨叨絮絮說個不停。

她仔仔細細介紹了天竺國所有士兵的名字、所有文官的家、所有花園裡的花……聽得小妖妖打了一個又一個哈欠，公主還是一直說一直說……

公主要拋繡球招親的綵樓就搭建在十字街頭，那裡人潮洶湧，天竺國的男人都想被繡球打到，飛到枝頭變成「龍」。所以，時間一到，從五歲到九十九歲的男人，全擠在街頭上，個個仰著頭，喊著：選我，選我，選我！

小妖妖變成公主的貼身丫頭，他推開窗戶，看見街上的男人都很開心朝他招招手，喊著：「公主，公主，選我。」

小妖妖笑著說：「不不不，不是我，正牌公主在後頭。」

他仔細看了一圈綵樓下的人，先看見唐僧，唐僧旁邊是孫悟空。

唉呀，孫悟空有火眼金睛，如果讓他瞧出我是妖精……小妖妖急忙退後一步，把繡球交給公主，順便告訴她：

「東南角，戴帽子的白臉書生是唐僧！」

兔子公主笑了笑，她一站在窗口，街頭立刻響起一陣歡呼聲。

她把繡球高高舉起，人們瘋狂了！擠的擠，推的推，搖手的搖手，大叫的大叫。

公主瞄得很準，這繡球一丟出去，就像是一顆火球，時速至少一百五十公里，直接打在唐僧頭上。

唐僧吃了一驚，頭上的帽子被打歪了。

侍衛們看得分明，狂喊：「打到了和尚，打到了和尚！」

唐僧想退，但是綵樓上的宮女、大小太監全都衝下去，圍著他：

「貴人，貴人，請進皇宮接受賀禮。」

「我……我只是和尚，只是來看熱鬧，我……我要去取經……」

唐僧想退，小妖妖擋著他，兔子公主拉著他，侍衛們紛紛隔開了孫

選我！
選我！
選我！

悟空師兄弟，一行人浩浩蕩蕩的進皇宮。

皇宮裡，文武百官齊聚，國王和皇后站在最前面。不過，國王的臉很臭，他說：

「男人那麼多，妳卻挑中一個和尚？這是哪裡來的野和尚？」國王的前一句話對公主說，後一句話對唐僧說。

唐三藏說：「貧僧奉大唐皇帝旨意，要到西天取經，路過十字街頭，不巧被公主的繡球打中。貧僧是出家人，不敢跟公主成親，盼皇上早早更換關文，讓貧僧去西天雷音寺取經。」

國王本來臉臭臭的，聽了他的話，臉色更臭了，他咬著牙說：

「你接了公主的繡球，還想上西天去取經？」

公主在旁邊說：「父王，人家說嫁雞隨雞，嫁狗隨狗，既然今天繡球打著了唐僧，女兒就是跟他有緣，請父王招他為駙馬，女兒願意跟著他，這也是……」

公主說得沒完沒了，國王等了很久，才有機會說：「聽到沒有，我們公主也喜歡你，你別推三阻四了。」

唐三藏叩著頭說：「不敢，不敢，請皇上饒了貧僧呀，貧僧只想去取經。」

國王說：「你這和尚太無禮，朕招你為駙馬，讓你享受榮華富貴，你卻想去荒郊野外取什麼經？哼，再多說一句，立刻把你推出去斬了。」

「斬……斬了？」唐三藏嚇得渾身發抖，只好說，「貧僧還有三名徒弟在外頭，請陛下讓臣回去跟他們道別，命他們早日去西天取經，行……行嗎？」

國王說：「不行，你說好了要來娶公主，今晚當然要住在皇宮，你的徒弟要見就進宮來見，見完了，讓他們自己去取經。」

「這……這……」

唐三藏想反對，國王卻大手一揮，派人去請他的徒弟。同時還在宮裡掛燈籠，貼春聯，結綵球，大辦喜事，喜氣洋洋。

兔子公主好開心，黏著唐僧不走，她說呀說呀說呀，說得興高采烈；唐僧好像很擔心，一直東張西望，臉色蒼白。

小妖妖幾度想把唐僧支開，想跟公主研究一下，等一下該怎麼吃唐僧。

公主卻一腳把他踢開：「去去去，倒茶來，我要跟唐郎喝茶。」

「唐郎，唐郎，哼！有了唐郎，我就得去走廊？」小妖妖好生氣，但又無可奈何。

他端了茶站在一旁，聽著公主左一句唐郎，右一句唐郎，要不是國王派人來傳，說是唐僧的三個徒弟已經到了城門口，她還捨不得讓唐僧走出去。

可憐的唐僧，揉揉手，他的手都被公主捏紅了。

一聽徒弟們要走了，他急得眼眶含著淚水說：「他們……他們真的要走了？」

10 真假公主

國王在關文上用了印，揮揮手，說：「好了，好了，你們三個快去取經吧。」

孫悟空轉身要走，小妖妖好樂，終於把孫悟空送走了。

唐三藏卻忍不住從馬車上跳下去追著徒弟問：「你們都不顧我就走了？」

「是呀，是呀，師父保重。」

孫悟空說走就走，豬八戒牽著白馬，沙悟淨擔著行李，就這麼走出城，頭都沒回一下。

小妖妖樂得掏耳朵，喜得直眨眼睛：「哈哈哈，討厭的孫猴子這次真的走了。」

他一回到城裡，就急著去找公主，開心的說：「快快快，刷蒸籠，磨菜刀，咱們今晚吃唐僧。」

公主搖搖頭：「這……要不要再多等幾天，我那唐郎唐公子，長得一表人才，說話又風趣，其實可以再等幾天，你看哦，我覺得……」

兔子公主一說起唐僧的好，幾乎可以說上三天三夜。

小妖妖只好點點頭回她一句：「好吧好吧，暫留一天，一天後，咱們就來蒸唐僧，妳說好了的，不能再反悔。」

公主笑了，她急忙拉著唐僧去散步，邊走邊說，呱噪個不停。

御花園裡百花盛開，公主和唐僧走在前面，一隻蜜蜂飛來，繞著唐僧打轉。

轉呀轉呀，那隻蜜蜂叮在唐僧的帽子邊。

怪怪的蜜蜂，小妖妖伸手想抓牠下來，牠卻瞪了小妖妖一眼。

蜜蜂會瞪人？

他揉揉眼睛，以為自己眼花。再仔細看，咦？那隻蜜蜂伸出兩手，從耳朵裡掏出一根鐵棒，又看了他一眼，似笑非笑，那眼神，簡直就像……

「孫悟空？」他嚇得往後一跌。

「沒錯，正是老孫，你們這些妖精，別跑！」

孫悟空跳出來，變回原來大小。原來他假裝去西天取經，其實變成了小蜜蜂。

他一把揪住公主：「你這隻兔子精，躲在這裡也就罷了，竟然還想騙我師父？」

公主不怕他，用力掙脫孫悟空的手，扯掉身上的衣服，搖掉頭上的珠寶，取出一根短棍，就跟孫悟空鬥在一起。

御花園，空間不大，兩人這一打，打得花謝草凋，葉落枝搖。

打不過癮，身手耍不開，他們乾脆飛到半空中。

轟隆轟隆，砰砰砰砰，每一次都捲起一陣狂風，每一聲巨響，都嚇得百姓擔心。

國王跑出來，他也嚇得滿臉蒼白，問：「這……這……怎麼打起我家公主來了？怎麼……」

唐三藏安慰他：「國王別怕，你家公主是假的。」

「假的？我女兒是假的？」

那些宮女們，撿起公主的衣服，拿來公主的首飾稟報國王：「這是公主穿的戴的，現在全都丟下了。看她能光著身子跳到半空中，她一定是假的，真公主哪會當空中飛人呀？」

「假公主？真妖精？我家女兒是妖精？」國王只能喃喃自語。

大家只注意天上戰況，沒人管唐僧。小妖妖趁這大好機會，伸手就要把唐僧擄走。

沒想到，孫悟空好像全身都長了眼睛，一棒就打過來。怒吼：

「白骨精，你想做什麼？」

孫悟空的聲音像打雷，小妖妖嚇得化成清風，溜上屋簷。

回過頭來，孫悟空專心對付兔子公主，只是他們兩個打了半天，還

是不分勝負。

孫悟空把棒子丟上天空，叫聲變變變，以一變十，以十變百，以百變千。唉呀呀，這會兒滿天都是金箍棒，每棒都打向兔子精。

兔子精慌了手腳，她往天上蹦去，鑽進了雲裡，不見蹤影。

孫悟空不慌不忙，把棒子指著天庭，高叫：「喂！把守天門的，下來幫忙擋住妖精，別讓她跑了。」

滿天的彩雲，突然像是被人撥開，四大天王分別守著東西南北，天兵天將排成方陣，兵器抖開。

於是，空中傳來一聲慘叫，一個黑影從天上掉下來。

啊，是兔子精。

孫悟空趕上去，正想一棒把她打死，屋簷上卻竄出一道白影，是小妖妖。小妖妖拖著兔子精，兩人拚命往山上跑。

那山，連綿幾百里，望著這頭，望不到那頭。

那山上，有個兔子洞。兔子精指了指，帶小妖妖進了洞，用石塊擋住門口。

小妖妖有點兒擔心：「孫猴子來了的話，這門擋不住。」

兔子精喘了口氣：「別擔心，人家說狡兔有三窟，我可不是狡兔，我是兔子精，毛穎山上九十九座峰，每座山峰上我都有三個洞，洞洞相連，孫悟空就算一個洞一個洞找過來，至少也要找上十天半個月，放心吧。」

小妖妖一聽，真的放心了。拿起茶來正要喝，外頭砰砰響，有人在敲門。

兩個人互相看了一眼：「不會吧？」

「開門，開門，兔子精、白骨精，再不開門，老孫把這門拆了，放把火燒了！」

啊，真的是孫悟空。

這隻猴子神通廣大，竟然找對了門。

兔子精很生氣，開了門，提著杵衝出去，指著孫悟空大罵：

「可惡的弼馬溫，你真是欺人太甚，我已經退回老窩了，你還要糾纏不清，你到底還要怎麼樣，你這樣欺負一個姑娘也不怕人家笑話，人家說好男不與女鬥……」

孫悟空等了好久，終於忍不住打岔：「兔子精，妳是要打架還是要吵架？對了，你那是什麼武器？一頭粗一頭細，難不成是擀麵棍？誰會拿擀麵棍當武器？」

一說到武器，兔子精又有話講了：「沒見識！我這是廣寒宮裡的搗藥杵，被它碰一下，立刻命喪黃泉。弼馬溫，你要不要來試一試？不過呢，我看你是……」

孫悟空搖搖頭：「囉嗦！打架啦！」

他的鐵棒施力一壓，兔子精招架不住，小妖妖過去幫忙，孫悟空踢他一腳，竟把他整副白骨給踢散了。

一時間孫悟空的棒子舉得高高的，兔子精嚇得閉上眼睛。

眼看一棒正要揮落，半空裡，傳來一聲呼喚：「大聖，切莫動手。」

孫悟空一看，原來是太陰星君駕到。

太陰星君說：「這隻兔子精，是我廣寒宮搗仙藥的玉兔，她偷開金

鎖，私自下凡。我知道她有這次的災難，特別來救她的性命，請大聖看在我的面子上，饒了她吧。」

孫悟空說：「我就說嘛，她沒事怎麼會拿根杵當武器，原來是月宮裡的玉兔，只是太陰星君有所不知，她偷偷把天竺國公主給藏起來，又想逼我師父跟她結婚，不能饒她。」

太陰星君說：「其實，天竺國的公主，也不是凡人，她原來也是月宮中的素娥公主，十八年前，她曾打了玉兔一掌，又動了下凡的念頭，最後偷偷下凡到人間，投胎當了公主。」

「所以，這玉兔就追了下來報仇？」

太陰星君點點頭：「是呀，還是請你看在我的薄面上，饒恕她，我收她回月宮。」

孫悟空笑說：「你都這麼說了，不過，我怕國王不相信，還是請你將玉兔帶到天竺國，讓國王看看，證明老孫沒有說假話。」

太陰星君用手指著兔子精，喝道：「你還不上來嗎？」

兔子精立刻打了個滾，現了原身，牠全身上下有如白玉，手裡握著一根搗藥杵。

孫悟空立刻召來觔斗雲，載著大家回到天竺國。

那天晚上，月光正美，國王與唐僧他們都在殿內，突然間，東南邊的天際竟出現一片彩霞，光亮如白天。

大家抬頭正對此異象嘖嘖稱奇，天空傳來了孫悟空的聲音：

「天竺國王陛下，請大家出來看看月宮的太陰星君，還有這隻玉兔，牠就是你家的假公主……。」

國王急忙找來皇后、嬪妃與宮女們朝天禮拜，全城各家各戶都急忙設香案，叩頭念佛。

大家都很忙，卻沒人注意到，那隻玉兔手裡除了杵，還偷偷藏了一副骨架子，那白骨，在月光的照拂下，白的像雪。

小妖妖坐在月宮，望著地面。

地面上，孫悟空帶著國王找到了真公主，原來真公主被兔子精抓進一間廟裡，關了十八年。

這十八年，公主裝瘋賣傻，才能活到今天。

終於，一家團圓，真公主笑了，國王笑了，唐僧笑了，大家都笑得好開心。

小妖妖用手背擦擦眼睛，他哭了。

「我的唐僧肉，我的長生不老藥。」

玉兔說：「小妖妖，幸好有你作伴，我在月宮不寂寞了，你要不要聽歌？我會唱〈將進酒〉，聽說是大唐一個大詩人寫的詩；還是我來搗個戰鼓的節奏，讓你跳跳舞……」

小妖妖搖搖頭：「我要吃唐僧，都是你，能吃的時候不吃，只想跟他結婚。」

玉兔說：「那我背幾首詩好了，例如〈靜夜思〉，那也是同一個詩人寫的哦，什麼床前明月光，疑是地上霜……」

「我要吃唐僧。」

玉兔嘆了口氣，把杵放下：「你為什麼要吃唐僧？」

「唐僧肉，是一種長生不老藥嘛，誰要是吃他一口，就能長生不老呀。」

「所以你是要吃長生不老藥。」

「對。」

玉兔看看他，笑了笑：「你知道我搗什麼藥嗎？」

「不知道，我也不想知道，我要我的長生不老……」

「你別哭喪著臉，來，幫我搗搗藥，你不搗藥，這長生不老藥不會自己跑出來，快快快，現在換你搗，換我去休息一下。」

「我搗，我搗，這是……」小妖妖接過杵，他突然一愣，大喊：「妳說，妳說這是長生不老……」

「對呀。」玉兔搖搖頭，「還是你搗不動，又想下凡去找唐僧？」

「不不不，我搗。」

小妖妖歡呼一聲，嘟嘟嘟的，搗得好起勁。

「我搗我搗我用力搗。哈哈，我真的找到長生不老藥了！孫悟空，你聽到沒有？我雖然沒吃到唐僧，但是我找到長生不老藥了！」

讀書會

奇想西遊記《妖妖要吃唐僧肉》故事裡的主角小妖妖到底找了哪些妖怪要聯手抓唐僧、吃唐僧呢？這些妖怪又有什麼特別之處呢？

翻開【西遊妖怪小學堂】，一起討論吧！

書名祕密大解析

題目設計：宜蘭縣岳明國小**蔡孟耘**老師

書名藏著故事的祕密，讓我們一起來解密：

1 「妖妖要吃唐僧肉」妖妖是指什麼妖怪？

2 為什麼小妖妖要吃唐僧肉？

3 小妖妖這個妖精有什麼特別的能力？

內容提問助理解

1. 小妖妖找了哪些妖怪來幫忙抓唐僧？請按照順序寫出來：

2. 書中對妖怪外表的形容很仔細，請你一一找出來：
   - ◆小妖妖→
   - ◆蜈蚣精→
   - ◆南山大王→

3. 請你簡單說明什麼是「分瓣梅花計」？

4. 為什麼小妖妖最後放棄吃唐僧呢？

5

小妖妖到底是個什麼樣個性的妖精呢？

請從書裡尋找線索來支持你的看法。

◆ 我覺得小妖妖是個（　　）的妖精，因為（　　）

◆ 我覺得小妖妖是個（　　）的妖精，因為（　　）

◆ 我覺得小妖妖是個（　　）的妖精，因為（　　）

1

小妖妖抬頭一看，他的手竟被一根白色絲線纏住了。

他想把線扯下來，咦？這線好堅韌，扯不開，拉不斷，弄不掉。

瞬時，由四面八方射來更多絲線，將他層層綑住。

小妖妖想衝出去，卻走不掉。他動動腳，跌一跤；往左動不了，往右倒栽蔥，轉身又跌個嘴啃泥，想爬起來時，已經被倒吊成粽子啦。

請你將蜘蛛精綁住小妖妖的文字描述，用畫面來呈現。

推薦文

千古傳唱的「西遊」故事

國立中正大學中文系教授 **謝明勳**

多年之前，在盛極一時的知名電影：魔戒（The Lord of The Rings）首部曲中，曾經出現一段發人深省的話語：

不該被遺忘的東西也遺失了，歷史成為傳說，傳說成為神話。

乍看之下，這段文字似乎是平淡無奇，但是用以檢證人類的歷史文明，許多事情往往都是不謀而合，它不時可以印證「歷史、傳說、神話」三部曲式的演化，儼然已經成為「由史而文」的無形規律，在此同時，也讓歷史真實與文學虛構之間彼此相互交錯。

歷史上，玄奘法師的確是實有其人，西天取經也是實有其事，只不過在大唐肇建不久，外患威脅依舊持續存在，國家局勢尚未完全穩固的唐代初期，玄奘法師向官方正式提出之「西行求法」的宗教活動申請，並未獲得朝廷允許。然而，唐僧追求真理的熱切意志並沒有因此而被澆息，他改以私行偷渡的方式默默進行，在因緣巧合的情況下順利出關，開啟了一段艱苦的西域之行。不容諱言，這一段真實歷史在人們馳騁想像之後，已經與真正的歷史愈離愈遠，它無疑是人們有意美化其事的結果。姑且不論它是傳說也好，神話也好，在人們「看似無心，實則有意」之選擇性遺忘，以及通過文學作品美化其事的特殊效果，西遊故事在「唐僧西行取經」的不變框架下，加入神魔元素，後來出現之文學作品遂蛻變成為充滿歷劫、考驗之冒險遊歷旅程，在諸多神魔不斷施展法術變化的翻騰挪移下，許多原本驚險的考驗都變得趣味橫生，宗教追尋不再只是對於向道之人的心志考驗，沿途不斷出現之妖魔鬼怪的阻道刁難，反而讓冒險遊歷的果實因之變得更加甜美。

鬥智鬥法，令人目眩神迷

《西遊記》書中除了眾所熟知之「取經五聖」（唐三藏、孫悟空、豬八戒、沙和尚、龍馬）之外，不同之「單元故事」不時出現之妖魔鬼怪，其所採取之阻撓取經行動的手段與各自擁有之神奇法寶，都讓人們感到目眩神迷，讀者的心緒亦不時隨著故事情節的高下起伏而跌宕奔竄，正邪雙方的鬥智鬥法，以及滿天神佛的不時出手協助，都是人們津津樂道的重要一環，也是廣大讀者建立認知體系以及吸納知識的重要管道。

事實上，許多看似平常的法器，實際上都是某種特定思維的具現，諸如平頂山蓮花洞之金角大王與銀角大王，其所擁有之紫金紅葫蘆與羊脂玉淨瓶，能夠在人們回應其所呼之名後，將回應者予以吸入，這其實是一種「名字巫術」，講述故事的背後，實際上帶有某種教誨的目的。「三打白骨精」的鋪陳手法，則是文學上之「反復」（或稱「三復」），它以相同之語言、手法，接二連三的重復出現，這在民間講述以及通俗文學作品之中實頗為常見。

毘藍婆以其子昴日星官眼中煉成之金針，大破蜈蚣精之金光陣，則是源自於雞剋蜈蚣之物類「相剋」原理。兔子精拋繡球定親，則是「緣由天定」的一種婚姻習俗。人參果則是中國古老的仙鄉傳說，是對於「不死」與「異域」的想像書寫。紅孩兒一事則是觀世音菩薩與善財童子五十三參故事的改寫，西梁女國則是「女兒國」傳說的餘緒。「烏雞國」則是「無稽」的諧音，是西遊作者的文字遊戲。簡言之，書中許多故事都是文學與知識的載體，承負著當代社會對於閱聽者的潛移默化。

「西遊」故事流傳至今已經超過千年，在口語講述的過程中，它是充滿變異性的，即使是在文字文本寫定之後，也並不意味著西遊故事從此定型，它依舊可以在人們舌燦蓮花的講述過程，或是文學作家妙筆生花的改寫之中，以嶄新形態站上文學舞臺，得到新的文學生命，而眾所周知的神佛與妖怪，在此一文學「轉化」與「新變」的過程中，亦只不過是文學創作者重新賦予生命的有機體，只要能讓有趣的故事吸引住眾人目光，與時俱進之新元素的加入，都是西遊故事得以蛻變提升，走向群眾內心之中的一個開端，而【奇想西遊記】正是此類「故事新編」的嘗試之作。

經典文化向下深耕

眾所周知，文學是靈動而非凝滯，它絕非一成不變，而是必須與時俱進，換句話說，因應不同讀者群的需求，將眾人熟知之古典文學予以適度改寫，使之能夠漸次普及，此係文化向下深耕的重要一環。

回顧西遊故事的發展歷程，歷史上的玄奘法師並非奉命西行，而《西遊記》中對於唐太宗以聖主明君形象與玄奘結拜成異姓兄弟，稱其為「御弟」，無疑是不合史實的，然而這一點在欣賞《西遊記》這部偉大之文學作品時，實是無須深究的。或許，絕大多數人心中所認知的三藏法師，並不是來自於《大唐西域記》或是《大唐大慈恩寺三藏法師傳》的描述，而是襲自通俗小說《西遊記》的口耳相傳。通過這部「奇書」，我們依舊可以清晰看到玄奘法師肩負淑世濟眾的偉大宗教情操，讓長達十萬八千里艱苦萬端的取經路程充滿神聖的光輝，每一步都是有利於黎民百姓。所謂之「西天取經」，應當不只是對於人心的嚴格考驗，更是人生成長歷程的縮影。每一個人心頭當中都有一座靈山，我們可以用宗教之「由人成神」、「由俗轉聖」的歷程視之，也可以將它理解成是「人生理想」的不斷追尋與實踐，這或許更能符合一般普羅大眾的世俗眼光，也更能切合人心需求，而這一點應當是西遊故事之所以能夠吸引住歷代世人目光，而且歷久不衰的真正原因所在。

推薦文

從經典中再創西遊記的新視界

東海大學中文系副教授 **許建崑**

《西遊記》是一本家喻戶曉的神魔小說，充滿了奇幻色彩。全書共一百回，可以分為頭、頸、身體三個部位。

頭部有七回，描述孫悟空誕生，尋找水簾洞，跋山涉水向菩提祖師學法術，又向海龍王索討武器，撕毀閻王殿生死簿，接受了天庭招安，兩度封為弼馬温、齊天大聖，最後因偷吃蟠桃、仙酒、仙藥，被天庭通緝。他被二郎神打敗，闖進太上老君八卦爐，僥倖逃脫，又向如來佛祖挑戰失敗，被壓在五行山下受懲罰。

頸部有五回，屬於過場性質。先說觀世音來中土尋找取經人；再交代唐三藏的父親陳光蕊被強盜所害，而母親將他「滿月拋江」，漂流到金山寺前，被長老收養。直到十八歲那年，他尋找母親，去萬花店與祖母相認，再行祭江救活了父親。故事緊接著一段「漁夫和樵夫對話」之後，引出涇河龍王與袁守誠、魏徵、唐太宗之間的瓜葛。唐太宗從地府返回陽間之後，派劉全送南瓜給閻王，幾經生死的折騰，也就虔心禮佛。而觀世音適時到來，點化唐三藏，讓他接受唐太宗的託付，前往西天取經。

至於身部，從第十三回開始到一百回，共有八十八回，包含四十一個小故事。唐三藏在途中收了孫悟空、龍馬、豬八戒、沙悟淨等人為徒，一同前往西天，途經黑風山、黃風嶺、五莊觀、白虎嶺、平頂山、盤絲洞、黃花觀、獅駝嶺，渡過了流沙河、黑水河、通天河、子母河、凌雲河，也通過寶象、烏雞、車遲、女兒、祭賽、朱紫、比丘、欽法、天竺等國家，一路上與虎、熊、牛、鹿、羊、鼠、豹、犀、蜘蛛、蜈蚣、樹等妖精戰鬥，也遭遇牛魔王、鐵扇公主、如意真仙、紅孩兒等黑手黨家族份子的刁難，更受到仙界成員的襲擊，如太上老君的童子、青牛，彌勒佛的童子，觀音的金魚，文殊、普賢的獅、象坐騎，佛祖的金雕，嫦娥身邊的玉兔，奎木狼星，還有老黿龜等造難。真是關關難過關關過，最終到達了西天，從佛祖那裡取回法、論、經三藏，完成使命。

這一百回故事充滿奇幻色彩，用傳統「說書」的語氣建構了光怪陸離的想像世界，展現先民對宗教神祇譜系化與歷史化的企圖，也反映了當時代社會、政治、經濟、文化等諸多面貌，同時又兼具諷刺、揶揄與遊戲的特質。但因為全書將近七十二萬字，篇幅甚大；故事雖然精采，其中的情節、思想、語彙，對現代小讀者而言未必適合閱讀。

有許多作家因此續寫、改編《西遊記》，或者以漫畫、電影、電視劇的方式再創。

然而，大部分的改寫者不是長篇改短，留下「精華」，失去「氣魄」；或者只利用角色、地名等「空架子」，任意改換故事情節，失去了經典的原味。

王文華的再創策略

王文華【奇想西遊記】的再創，則採取細緻的書寫策略，他保存原書細節，不任意發揮，使讀者輕而易舉的「重返」經典現場。為了兼顧讀者閱讀的時間和「體力」，他把原作冗長而無機拼貼的「頭－頸－身」架構，拆成了四組故事，並且找出赤腳大仙、獨角仙、白骨精、人參果等四個角色做為串場人物，提供了新的「鳥瞰」視角。

赤腳大仙被孫悟空騙了，錯失蟠桃盛宴，還被玉皇大帝誤為禍首，綁在捆仙柱上受折磨。他對孫悟空恨之入骨，雖然身在天庭，卻關注著地面上取經團的一舉一動。金角大王、銀角大王在平頂山所設的陷阱，他看得一清二楚；青牛精私自下凡，用太上老君的金剛琢，取走了孫悟空、李靖、哪吒、水部、火部、十八羅漢等神的武器，他也是幸災樂禍；通天河的金魚精，獅駝嶺的獅、象與大鵬精，都是觀世音、文殊、普賢、佛祖的「家人」，他們侵犯取經團的時候，赤腳大仙總是用力按讚！書名為「都是神仙惹的禍」，十分恰當。

第二部是長大成獨角仙的雞爺爺蟲，自號混世魔王，孫悟空不在家的時候占領了水簾洞，結果被孫悟空一腳踩到地底下。他變出金角藍翅膀，飛到黑風山，慫恿黑熊精搶奪唐三藏的袈裟；託夢給滅法國國王，唆使殺害一萬個和尚；又與車遲國的虎力、鹿力、羊力大仙組成「復仇者聯盟」，還是沒辦法整到孫悟空。獨角仙乾脆變成假孫悟空，與孫悟空爭高低。最後的結果可想而知，他又被埋在地底下，五百年後才能重見天日。

第三部是白骨精生前的小妖妖，掉進鍋子裡，被煮成了白骨，丟棄路旁，因為一心「想吃唐僧肉」，所以化作白骨精來作祟。他在寶象國，教唆奎木狼星抓住唐三藏；又去找盤絲洞蜘蛛精、黃花觀蜈蚣精，設下圈套；最後到了天竺國，與玉兔精聯手，無非要分得一塊唐僧肉。小妖妖最後沒有吃到唐僧肉，不過卻得了一份不錯的工作，還意外有了長生的機會。

最後一部題名為「神奇寶貝大進擊」。生長在五莊觀又醜又小的人參果，跟著孫悟空環遊仙島；又隨取經團西行，在途中遭遇了紅孩兒打劫；在寶林寺幫烏雞國王伸了冤；渡過子母河時，看見唐僧與豬八戒懷了孕，也體會了孫悟空忠心勤懇，努力救主人的熱忱；在小雷音寺，他幫助孫悟空收伏彌勒佛的小徒弟；最後在火焰山，見識羅剎公主芭蕉扇的威力，也親臨孫悟空大戰牛魔王的沙場。活了九千年的拇指頭，在旅途中，有了多次變化，很神奇呢！最後變成了拇指妹，她決定留在火焰山，培養出八百棵人參果樹，子子孫孫繁衍至今，有了好歸宿。

提供孩童新的視界

王文華的書寫策略，情節緊湊，文字潔淨，避開長篇累牘的鋪陳，也減低了形上哲學的論述，而仍然保有《西遊記》原典的赤子心情，顯然是成功的再創。更重要的是，這一套四部的【奇想西遊記】，在淺顯易懂的語彙中，與孩子分享日常生活的智慧與啟示，貼近了孩子的心坎。

孩子們可以選擇其中一本閱讀，行！要是愛不忍捨，連續讀上四本，也行！要是還不滿足，找出《西遊記》原典來，也可以一無阻礙的閱讀。因為王文華的思考模式與敘述視角，已經為孩子生發出更有效率的閱讀策略呢。

小時候會讀、喜歡讀，不保證長大會繼續讀或是讀得懂。我們需要隨著孩子年級的增長提供不同的閱讀環境，讓他們持續享受閱讀，在閱讀中，增長學習能力。這正是【樂讀 456】系列努力的方向。——中央大學學習與教學研究所教授 **柯華葳**

系列特色

1. 專為已經建立閱讀習慣的中高年級以上讀者量身打造。
2. 兩萬到四萬字的中長篇故事，培養孩子的閱讀續航力。
3. 多元化題材及結構完整的故事內容，全面提升閱讀、寫作及表達能力。
4. 「456 讀書會」單元，增進深度理解與獲得新知。

妖怪醫院

世上絕無僅有的【妖怪醫院】開張了！
結合打怪、推理、冒險……「這是什麼鬼！？」
新美南吉兒童文學獎作家富安陽子
最富「人性」與「療效」的奇幻故事

故事說的是妖怪，文字卻很有暖意，從容又有趣。書裡的妖怪都露出了脆弱、好玩的一面。我們跟著男主角出入妖怪世界，也好像是穿越了我們自己的恐懼，看到了妖怪可愛的另一面呢！

——知名童書作家 **林世仁**

生活寫實故事，感受人生中各種滋味

★「好書大家讀」入選

★教育部性別平等教育優良讀物
★文建會台灣兒童文學一百選
★中國時報開卷年度最佳童書
★新聞局中小學優良讀物推介

★中華兒童文學獎
★文建會台灣兒童文學一百選
★「好書大家讀」年度最佳讀物
★新聞局中小學優良讀物推介

創意源自生活，優游於現實與奇幻之間

★「好書大家讀」最佳讀物
★文化部中小學優良讀物

★新聞局中小學優良讀物推介

★「好書大家讀」入選

國家圖書館出版品預行編目資料

奇想西遊記. 3, 妖妖要吃唐僧肉 / 王文華文 ; 托比圖.
-- 第一版. -- 臺北市 : 天下雜誌, 2014.10
176面 ; 17X21公分. --（樂讀456系列）
ISBN 978-986-241-965-6（平裝）
859.6　103019038

奇想西遊記 3

妖妖要吃唐僧肉

作者 | 王文華
繪者 | 托比
繪圖協力 | Hamburg、丸弟迪、小崔

責任編輯 | 蔡珮瑤
特約編輯 | 游嘉惠
封面設計 | 蕭雅慧
行銷企劃 | 葉怡伶

天下雜誌群創辦人 | 殷允芃
董事長兼執行長 | 何琦瑜
媒體暨產品事業群
總經理 | 游玉雪
副總經理 | 林彥傑
總編輯 | 林欣靜
行銷總監 | 林育菁
副總監 | 李幼婷
版權主任 | 何晨瑋、黃微真

出版者 | 親子天下股份有限公司
地址 | 台北市 104 建國北路一段 96 號 4 樓
電話 |（02）2509-2800　傳真 |（02）2509-2462
網址 | www.parenting.com.tw
讀者服務專線 |（02）2662-0332　週一～週五：09:00~17:30
讀者服務傳真 |（02）2662-6048
客服信箱 | parenting@cw.com.tw
法律顧問 | 台英國際商務法律事務所 · 羅明通律師
製版印刷 | 中原造像股份有限公司
總經銷 | 大和圖書有限公司　電話：（02）8990-2588

出版日期 | 2014 年 10 月第一版第一次印行
2024 年 8 月第一版第二十二次印行
定　價 | 280 元
書　號 | BCKCJ028P
ISBN | 978-986-241-965-6（平裝）